"移"路同行

中国器官捐献移植五年间

主　编：黄洁夫

副主编：张超文　梁相斌　周　宁　赵洪涛

THE ROAD TO TRANSPLANT WITH MOVE AHEAD
ORGAN DONATION AND TRANSPLANTATION IN CHINA WITHIN 5 YEARS

新华出版社

图书在版编目（CIP）数据

"移"路同行：中国器官捐献移植五年间 / 黄洁夫主编.
—— 北京：新华出版社, 2021.4
ISBN 978-7-5166-5802-4

Ⅰ.①移… Ⅱ.①黄… Ⅲ.①新闻报道－作品集－中国－当代
Ⅳ.①I253

中国版本图书馆CIP数据核字(2021)第075322号

"移"路同行——中国器官捐献移植五年间

主　　编：黄洁夫	副 主 编：张超文　梁相斌　周　宁　赵洪涛
责任编辑：杨　静　丁　勇	封面设计：刘宝龙　吴雪梅

出版发行：新华出版社
地　　址：北京石景山区京原路8号　　邮　　编：100040
网　　址：http://www.xinhuapub.com
经　　销：新华书店、新华出版社天猫旗舰店、京东旗舰店及各大网店
购书热线：010－63077122　　　中国新闻书店购书热线：010－63072012

照　　排：六合方圆
印　　刷：三河市君旺印务有限公司
成品尺寸：170mm×240mm
印　　张：13.5　　　　　字　　数：175千字
版　　次：2021年5月第一版　　印　　次：2021年5月第一次印刷
书　　号：ISBN 978-7-5166-5802-4
定　　价：59.80元

版权专有，侵权必究。如有质量问题，请与出版社联系调换：010-63077124

《"移"路同行——中国器官捐献移植五年间》编委会

总策划： 王贺胜　严文斌

主　编： 黄洁夫

副主编： 张超文　梁相斌　周　宁　赵洪涛

顾　问： 郭燕红　张宗久　郑树森　董家鸿　樊　嘉　石炳毅　薛武军
　　　　　 马旭东　陈知水　田　野　时　军　李　立　霍　枫　陈忠华
　　　　　 何晓顺　王海波　孙　宇　郭建阳　蒲　苗　朱继业　翟晓梅
　　　　　 杜　冰　曹京文　孙　茜　王宁利　陈静瑜　朱志军　周江桥
　　　　　 温　浩　夏　强

编委会： 陈　东　祁　蓉　黄可欣　王毅卉　王　奇　李会平　王皓然
　　　　　 李安然　于　江　李保金　魏　薇　申　楠　邓　婕　吴雪梅
　　　　　 陈慧勤　孙　艳　潘　悦　毛伟豪　侠　克　李骁姗　李志伟
　　　　　 赵　傲　刘　璐

序 言

黄洁夫

2020年12月中国器官移植发展基金会主办的"第五届中国－国际器官捐献大会"上正式对外发布了由新华社《经济参考报》牵头出品,由张艺谋团队制作的《"移"路同行》微短片。短短11分钟生动地讲述了中国器官捐献移植五年间,从事器官移植行业的一线医护工作者的艰辛以及重获新生患者的心路,歌颂人间大爱,在社会上引起很大的反响。而本书《"移"路同行——中国器官捐献移植五年间》则是对此微短片的核心内容从更广阔的视角加以阐述。

器官移植是20世纪生命医学科学的重大进展,经过了从临床试验到临床应用的发展过程,该项技术逐渐成熟,成为治疗终末期器官功能衰竭的有效医疗手段,拯救了千千万万的器官功能衰竭患者,促进了我国生命医学科学的发展。然而,器官移植不同于其他医疗手术之处,是需要有一个捐献器官替代病人失去功能的器官,是一场生与死的接力,涉及社会经济、文化、法制与伦理的深层次问题。

我国的器官移植技术是从西方国家引进的,但其发展却必须扎根于中国特定的文化背景中。过去有些人认为,中国人受"身体发肤受之父母,弃之不孝"传统思想观念的影响,没有公民捐献的土壤,我认为这种看法是错误的。儒教、道教、佛教等影响深远的中华传统文化中,提倡救人、助人的理念,中华民族传统文化中并不缺乏奉献、感恩与慈悲的基因,新时代的社会主义核心价值观更是推崇这种人间大爱精神。当前全社会要广泛宣传、动员、倡导,使之与时俱进发扬光大。习近平主席说:"人民群众对美好生活的向往,就是我们的奋斗目标。"对我国移植外科医生而言,其使命就是建立一个符合国际伦理标准的、可持续发展的器官捐献与移植体系,为民众提供高质量移植医疗服务。我国器官捐献和移植事业的发展不能复制照搬西方的管理体系,必须根据中国文化与国情并遵循世界卫生组织指导原则,建立有中国特色的相应的法律框架来监督,推动中国器官移植事业的发展。

从2005年向世界公开透明移植器官来源开始,历经十余年时间,中国器官捐献和移植进行了一场"壮士断腕""刮骨疗毒"的改革。2006年,原卫生部医政司出台中国第一部对器官移植业规范的法规——《人体器官移植技术临床应用管理暂行规定》,并于同年11月14日在广州召开的全国人体器官移植的临床应用和管理高峰会上发布了"广州宣言",号召全体器官移植医务人员凝聚共识,进行改革。2007年,国务院《人体器官移植条例》的颁布,标志中国器官移植事业开始步入法治化轨道。2009年,原卫生部与中国红十字会总会联合工作,探索公民自愿器官捐献体系建设,到2013年国家卫计委的《人体捐献器官获取与分配管理规定(试行)》等一系列相关文件逐步出台,中国人体器官分配与共享计算机系统(COTRS)与器官获取组织(OPO)建立,器官捐献和移植的五大体系逐渐完善。2013年,在全国器官移植大会上,全国大多数移植医院达成共识,发布《杭州决议》。2014年12月3日,根据十八届四中全会"依法治国"的精神,中国人体器官捐献与移植委员会宣布,从2015年1月1日起中国公民自愿器官捐献成为我国器官移植唯一器官合法来源。从此,中国器官移植事业走在阳光大道上,得到了国内外社会一致认可和高度赞赏。2018年3月,由联合国与梵蒂冈教皇科学院共同发布的《践行伦理道德会议宣言》(以下简称《宣言》)中写道:"全球践行伦理峰会高度认可中国禁止使用司法来源器官和禁止外国患者在中国接受器官移植手术这两方面的改革。中国的器官移植改革体现了世卫组织关于公正、透明和公平的指导原则,具有指导意义。"《宣言》还说:"器官移植的'中国模式'的最大特点是中国政府的强力支持和黄洁夫教授领导下专家团队的持续努力,这一点值得世界各国学习参照。"2019年与2020年分别在昆明与广州召开的第四届与第五届中国－国际器官捐献大会就是为推进这项神圣而伟大的事业前进。

"没有器官捐献就没有器官移植",供需矛盾永远是阻碍这项事业发展的主要问题。如何推进器官捐献理念的传播,促进社会精神文明的发展,是目前亟须解决的重要问题。生命接力传播人间大爱,应该受到全社会各界的理解、支持和广泛参与。作为国家官方媒体平台,近年来在号召全社会关注器官捐献、弘扬正能量方面,新华社做了很多工作,衷心希望能够通过媒体的力量和众多媒体传播形式让更多人了解器官捐献,加入传递人间大爱的正能量队伍中,呼吁社会积极参与器官捐献,让生命以爱的方式在阳光下延续,从而推动器官捐献与移植事业的发展,为中华民族的伟大复兴贡献力量!

目录 CONTENTS

生命接力，"移"路同行

生命接力 "移"路同行
——中国器官捐献移植五年调查 / 3

希望燎原，大爱无疆

中国人体器官捐献与移植委员会主任委员黄洁夫：
器官捐献与移植工作实现三大变化 / 19

国家卫生健康委员会副主任王贺胜：
我国已形成器官捐献移植五大工作体系 / 22

国家卫生健康委员会医政医管局监察专员郭燕红：
推动器官捐献移植工作高质量发展 / 25

中国器官移植发展基金会执行理事长赵洪涛：
建立全社会共同参与的器官捐献体系 / 27

中国工程院院士、清华大学附属北京清华长庚医院院长董家鸿：
移植医生是器官捐献者与受者间的生命摆渡者 / 30

中国人体器官捐献与移植委员会委员霍枫：
以创新为驱动，推进我国器官捐献与移植事业高质量发展 / 32

华中科技大学附属同济医院器官移植专家陈忠华：
民众更多的认同是器官捐献最大的进步 / 35

昆明市第一人民医院院长李立：
持续推动人体器官捐献移植规范化、法治化 / 37

西安交通大学第一附属医院肾脏病医院院长薛武军：
　　聚焦源头问题，提高器官捐献与移植工作质量 / 40

中山大学附属第一医院副院长何晓顺：
　　用先进的器官移植技术为人民服务 / 42

首都医科大学附属北京同仁医院王宁利：
　　提升公民角膜捐献意识　让更多患者重见光明 / 44

南京医科大学附属无锡人民医院副院长、江苏肺移植中心主任陈静瑜：
　　怀着对生命的敬畏做好每一台手术 / 47

北京友谊医院器官移植中心主任朱志军：
　　器官移植"中国标准"得到国际认可 / 49

武汉大学人民医院器官移植科主任周江桥：
　　提高移植患者存活率是移植医生职责所在 / 51

新疆医科大学第一附属医院温浩：
　　让器官捐献理念在人们心里形成共识和习惯 / 53

医者，妙手仁心

从医半世纪，身后捐赠全部器官
　　——记我国心脏康复领域拓荒者、广东省人民医院心内科主任孙家珍 / 57

94岁名医最后的贡献，把自己交给国家 / 65

"让我再握一握他的手" / 69

邱必成："你们不要很仓促地把我给浪费了" / 73

吴思，无私！她以这样的方式"重回"母校 / 75

这样的你，生如夏花！泪别嘉兴女医生陈怿，她留下令人尊敬的生命"共享" / 79

援藏医生赵炬：燃烧自己　照亮他人 / 82

目 录

生死间的"摆渡人"

这个"逆行者"没有"请战书" / 87

生与死之间，摆渡别样人生 / 89

28岁的她，面对了75次生离死别 / 93

见证生命的选择 / 96

做天使的守护者 / 98

最难过的时刻，是听到他们说"我愿意" / 102

跨越千里的生命线 / 105

生命的"摆渡人"：延续生命 更是抚慰心灵 / 107

爱，让生命如歌

海峡相连　生生不息 / 115

深圳有个五星级义工家庭，全家都志愿身后捐献器官 / 119

我用余生来热爱"你" / 122

"布衣院士"卢永根的大爱人生 / 124

奉献至最后一刻！扶贫干部倒在一线，家人遵循遗愿
　　捐献器官 / 126

"魔芋大王"何家庆：我愿为贫困儿童提供一双眼睛，只为他看
　　见祖国的未来 / 133

树兰公益基金伸出援手　17岁少女"换肺重生" / 135

11月大女婴完成劈裂式肝移植 / 141

他们是星，他们是火

薪火相传家国情，胡晨荣获全国"最美退役军人"称号 / 149

"跨省救援"的小宇泽还是走了，妈妈的朋友圈让人泪奔 / 152

跨越国界的生命礼物 / 154

致敬天使！青岛4岁女孩去世捐献器官，以另一种方式
　　"活着" / 158

感恩"叶沙们"

　　——浴火重生，为爱圆梦 / 162

横跨海峡显大爱，化作春泥铸重生 / 165

66天女婴换上4岁男童心脏 创造纪录 / 169

呼吸之间 / 174

夜空中最亮的星 / 180

母亲节前夕，那一声感人的"爸爸妈妈" / 184

落叶归根，行人间善事

　　——国内首例医疗包机转运回国实现器官捐献 / 187

大爱父亲捐献儿子器官：

　　想起儿子救的人，就觉得他还活着 / 190

捐献六个器官的英雄，今天我们为你送行 / 193

3000公里生死营救 / 196

生命接力，"移"路同行

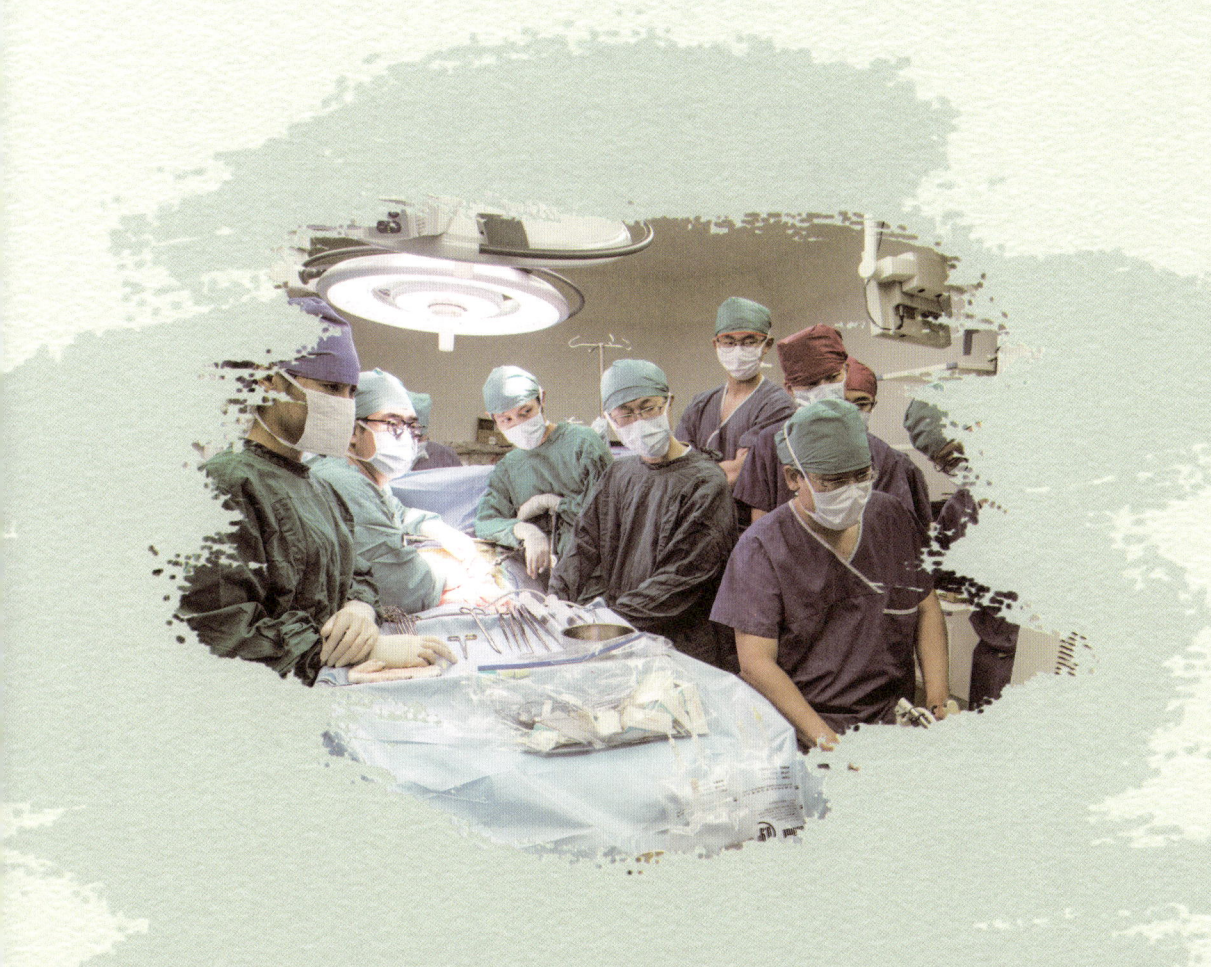

中国器官捐献移植五年间，这首由捐献者、受捐者、医者、协调者、志愿者谱写的"生命接力"大爱乐章，荡气回肠。两万多名捐献者，用最后之力递出"生命的礼物"，让九万多患者重获新生。

生命接力 "移"路同行
——中国器官捐献移植五年调查

经济参考报记者 张超文 周宁 祁蓉 黄可欣

有人在茫茫生死间，痛苦挣扎，等待一个活下去的机会；有人在丧亲之痛下，悲恸欲绝，依然攥紧生命的善念；有人承受误解，摆渡于生死间，搭建生命之桥；有人不知疲倦，与死神争分夺秒，带着希望走过决绝……

中国器官捐献移植五年间，这首由捐献者、受捐者、医者、协调者、志愿者谱写的"生命接力"大爱乐章，荡气回肠。两万多名捐献者，用最后之力递出"生命的礼物"，让九万多患者重获新生。

张艺谋特邀执导微短片《"移"路同行》——真实记录凡人英雄的温情大义，展现"生命在阳光下延续"的华彩瞬间，致敬每一位"生命接力"之人。

作为20世纪生命科学的重大进展，器官移植成为治疗终末期器官功能衰竭患者的有效医疗手段，在中国获得长足发展。而器官捐献，则成为阳光下的生命接力，得到全

（扫描二维码观看张艺谋特邀执导微短片《"移"路同行》）

社会广泛认可。

2015年1月1日,中国公民自愿器官捐献成为器官移植供体来源的唯一合法途径。五年来,中国共完成多少例公民自愿器官捐献?捐献与移植是否有法可依?移植技术水平和质量究竟如何?器官捐献与移植工作面临哪些挑战?……2020年12月18日至20日,第五届中国-国际器官捐献大会在广州召开,大会期间,新华社《经济参考报》记者独家对话国家卫健部门官员和国内外权威专家,探寻中国器官捐献与移植事业的改革发展历程。

视频连线张艺谋、张译、周冬雨……解码生命的礼物!

谱写生命交响：
超270万志愿者登记捐献 九万多患者重获新生

"器官移植是目前唯一由国务院颁布法规进行管理的医疗技术。"中国人体器官捐献与移植委员会主任委员黄洁夫表示，"没有器官捐献，就没有器官移植，公民自愿器官捐献是大爱的交响。"

中国器官移植发展基金会2020年12月19日发布的《中国器官移植发展报告（2019）》显示，2015年到2019年，中国内地公民逝世后器官捐献已累计完成24112例。2019年，中国每百万人口器官捐献率为4.16，是2015年的两倍多，这表明中国公民器官捐献意愿不断提升。

中国器官捐献移植数据汇总

2019年，中国共完成5818例公民逝世后器官捐献，实施器官移植手术近两万例。

2015—2019年中国人体器官捐献量（不包括港澳台地区）

截至11月30日，超过270万中国志愿者登记器官捐献，九万多患者重获新生。

中国共有170家医疗机构具备器官移植资质。

截至2020年10月，全国肝肾心肺大器官移植等待者仍有66965人次。

项目	人次
肾	60439
肝	5879
心	503
肺	144

数据来源：《中国器官移植发展报告(2019)》

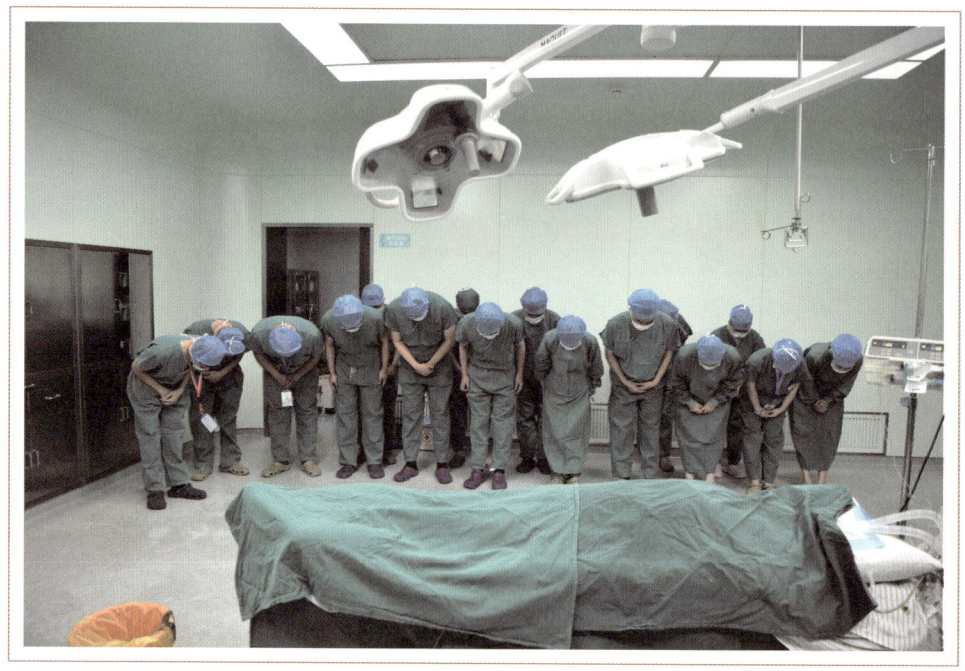

2016年9月29日,在安徽省立医院,工作人员向41岁的器官捐献者、援藏医生赵炬的遗体告别。新华社发 周诚摄

"2019年,中国共完成5818例公民逝世后器官捐献,实施器官移植手术近两万例。"国家卫生健康委员会医政医管局监察专员郭燕红介绍,"当前,中国已成为世界器官移植第二大国,正向第一大国迈进。"

援藏医务工作者赵炬倒在工作岗位后捐献了全部可用器官;

热爱篮球的16岁少年叶沙,突发脑出血抢救无效离世后捐献心、肺、肝、两个肾以及一对眼角膜,救助7人;

在重庆任教的澳大利亚小伙菲利普,因病去世后捐出全部可用器官,生命在5个中国人的身上得到延续;

……

点滴之水,汇聚成海。"五年来,感人事迹不断涌现,越来越多的公民用实际行动传递这份大爱。"中国人体器官捐献管理中心主任侯峰忠说,截

2018年清明节,一位市民来到广西南宁市青龙岗长安墓园广西遗体器官捐献者纪念碑前鞠躬祭奠。新华社记者 周华摄

至目前,有超过270万人登记器官捐献意愿,完成捐献器官9.4万余个,九万多患者重获新生。

五年来,中国移植医疗机构数量也在稳步提升。"截至目前,除港澳台地区外,中国共有170家医疗机构具备器官移植资质。"中国器官移植发展基金会执行理事长赵洪涛认为,"我国器官移植由高速度发展转为高质量发展,中国器官移植可及性和医疗服务能力逐步提升。"

2020年,受新冠肺炎疫情影响,很多国家的器官捐献与移植工作停滞,但中国仍砥砺前行。5月,39岁的新疆患者谷明(化名)从武汉大学人民医院器官移植科病房出院。从赴汉等待肾移植,到不幸患上重症新冠肺炎,再到痊愈后接受肾移植重获新生,谷明成为世界首位重症新冠肺炎痊愈后接受肾移植的病例。郭燕红说:"中国对新冠肺炎患者的器官移植手术没有他国经验可循,医务工作者身着三级防护服开展手术,表达了全力以赴救治每一位患者的决心和信心。"

在每一次"生命接力"的背后,还有一群默默无闻、奔走在生死之间的"摆渡人"——人体器官捐献协调员。"截至目前,我们建立了2200余人的人体器官捐献协调员队伍。除港澳台地区外,中国共有133个人体器官获取组织,志愿服务者已达4000余人,服务和管理更加规范。"中国红十字会副会长于福龙说。

弘扬法治下的大爱:
35个规范性文件相继出台 "中国经验"世界共享

器官捐献与移植不仅饱含爱心与温情,更是检验一个国家文明与法治程度的标尺:中国第一部《人体器官移植条例》早在2007年就正式颁布实施;同年,中国明确"禁止器官移植旅游";2011年出台的《中华人民共和国刑法修正案(八)》增设"器官买卖罪"……特别是近五年来,中国器官捐献与移植工作全面向法治化轨道迈进,顶层设计不断加强,制度保障逐步完善。

中国器官捐献移植弘扬法治下的大爱

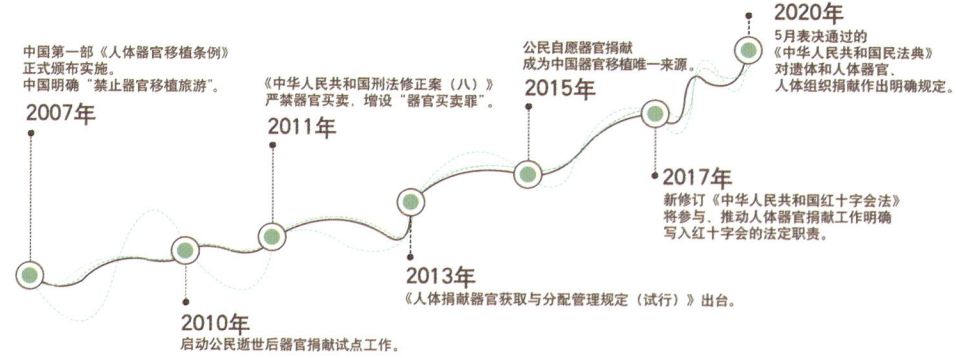

"2017年新修订的《中华人民共和国红十字会法》，将参与、推动人体器官捐献工作明确写入红十字会的法定职责。今年（注：2020年）表决通过的《中华人民共和国民法典》，对遗体和人体器官、人体组织捐献作出明确规定。"郭燕红介绍，截至目前，国家卫健委印发涉及器官移植规范性文件35件，此外，红十字会等组织也出台了相应文件。13个省（区、市）和5个副省级城市出台了遗体和器官捐献的地方性法规和规范性文件。

黄洁夫说，在公平、公正、公开的法治基础上，中国初步形成"器官捐献""获取与分配""移植临床服务""移植科学注册""监管"五大体系并不断完善。

"比如，为确保器官分配公平、高效、透明，中国各大医疗机构严格使用人体器官分配与共享计算机系统（COTRS），根据所在区域、病情危重、组织配型、儿童匹配、血型等国际医学共识原则，将供体器官与受体自动匹配。"中国器官分配与共享系统研究中心主任王海波介绍，"该系统最大限度排除人为干预，确保捐受双方隐私，让最需要的患者在最短时间内匹配器官。"

五年间，中国器官捐献与移植改革进程快马加鞭，逐步形成科学公正、遵循伦理、符合国情和文化的器官捐献移植"中国经验"，与世界各国分享成果。

2016年，时任世卫组织总干事陈冯富珍高度赞扬中国在器官捐献与移植领域的进展，认为中国的改革方向正确，值得他国学习借鉴。

在2019年"一带一路"器官捐献国际合作发展论坛上，何塞·努涅斯等世卫组织高级别官员称赞，"中国经验"可作为整个亚洲地区乃至全球的示范，最大特点是中国政府的强力支持。

国际器官捐献与获取协会主席费沙尔·沙辛在第五届中国－国际器官捐献大会中表示，中国的器官捐献和移植正在以非常符合伦理的方式快速发展。"我坚信，中国的器官捐献与移植工作者们有着和我们一样的目标和愿景，那就是实现符合伦理的器官移植、实现公平分配器官、提高器官捐献数量，以让每位在等待移植的患者获得新生。"

呼唤高质量发展：
开通器官转运绿色通道 多项移植新技术世界领跑

《经济参考报》记者调研发现，五年来，中国器官捐献数量快速增长，器官移植技术和质量也逐步提升。

2017年6月8日，上海浦东机场。为确保一个供体捐献的心脏搭上当晚最后一趟飞往武汉的航班，147名乘客一致同意"为生命让道"，推迟起

2020年4月24日，武汉协和医院心外科医生卢雄豪（左）运送来自山东的供肺抵达武汉天河机场。疫情期间原定航班取消，移植团队与中国国际航空公司联系后，该公司紧急启动绿色通道，重新开通此航班。新华社记者 沈伯韩摄

中国肝、肾、心、肺移植术后生存率

2015—2019年中国肝移植受者/移植物术后生存率（不包含港澳台地区）

供体类别	术后1年生存率（%）		术后3年生存率（%）	
	受者	移植物	受者	移植物
公民逝世后肝移植	83.3	82.5	74.4	73.2
亲属活体肝移植	91.8	91.3	88.5	87.5

2015—2019年中国肾移植术后生存率（不包含港澳台地区）

供体类别	术后1年生存率（%）		术后3年生存率（%）	
	移植受者	移植物	移植受者	移植物
公民逝世后肾移植	97.8	95.7	96.9	93.3
亲属活体肾移植	99.4	98.8	98.9	97.0

2015—2019年中国心移植术后生存率（不包含港澳台地区）

	术后1年生存率（%）	术后3年生存率（%）
总 体	85.2	80.0
成 人	84.7	79.4
儿 童	92.6	90.6

中国肺移植术后受者生存率（不包含港澳台地区）

项目	围手术期（<30天）	3个月	6个月	1年	3年
双肺（%）	78.8	69.3	65.3	63.5	56.1
单肺（%）	84.2	77.7	73.5	68.7	52.3

数据来源：《中国器官移植发展报告（2019）》

飞90分钟。

"这得益于2016年中国卫生、公安、交通运输等多部门联合印发,旨在缩短器官转运时间、确保器官质量的《关于建立人体捐献器官转运绿色通道的通知》。"郭燕红介绍,该"绿色通道"建立以来,器官转运时间平均缩短1至1.5小时,2019年,中国肝肾器官全国共享率升至20.2%(不包含港澳台地区)。

器官转运,也催促加快器官保存及灌注产品的研发进度。上海健耕医药科技股份有限公司CEO吴云林介绍:"我司研发的肾脏灌注转运箱是目前唯一在中国、美国、欧洲三大市场均有销售的机械灌注设备。肝、肾、心、肺等器官保存液远销全球39个国家和地区。"

灵丹妙药难寻就,须得妙手方回春。器官移植因其复杂程度高、风险

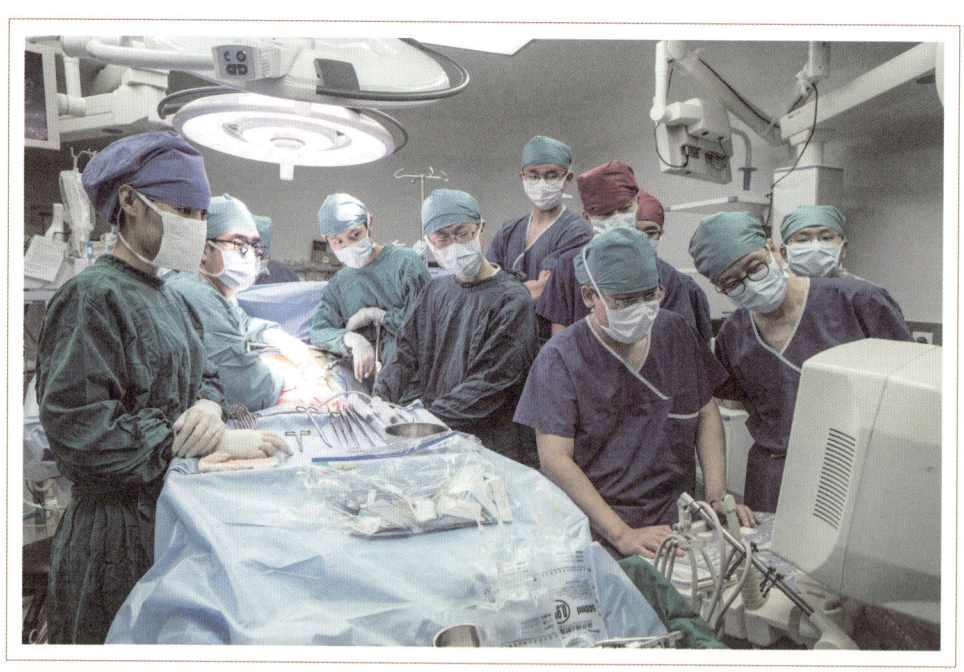

2016年12月21日,首都医科大学附属北京友谊医院肝移植中心主任朱志军教授(右二)和团队成员一起为肝糖原累积症患儿昊昊进行亲体肝脏移植手术。新华社记者 沈伯韩摄

大，被誉为临床医学技术"王冠上的明珠"。黄洁夫介绍，五年来，中国器官移植术后生存率居国际前列。其中，公民逝世后器官捐献肝移植受者术后生存率1年达83.3%，术后3年达74.4%；2018年心脏移植术后1年生存率达90.8%，高于国际心肺移植学会公布的85.4%；逝世后器官捐献肾移植受者术后3年生存率为96.9%；2019年中国共完成9例儿童肺移植，创国内年龄最小的儿童肺移植纪录（不包括港澳台地区）。

手术机器人等高新科技也应运而生、逐步普及。2019年，来自云南普洱的患者夏嘉男借助"达芬奇机器人"成功接受肾移植手术。"这有助于实现精准血管吻合和输尿管再植，切口小、感染率低、恢复快。"夏嘉男的主治医生、昆明市第一人民医院肾移植中心主任孙洵介绍。

《中国器官移植发展报告（2019）》显示，近年来，中国专家学者在供

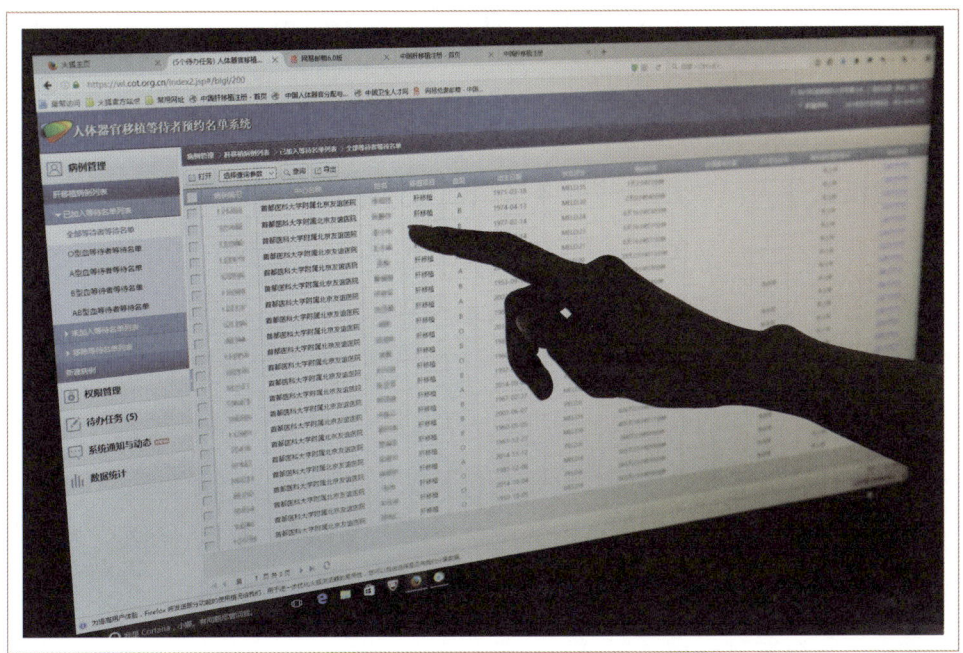

在首都医科大学附属北京友谊医院，一台电脑显示"中国人体器官分配与共享计算机系统"（COTRS）中的人体器官移植等待者预约名单。新华社记者 沈伯韩摄

者特异性抗体、抗体介导排斥反应、移植相关病毒感染等研究热点方面，均取得突破性进展。其间，器官移植创新技术不断涌现：腹部多器官联合移植技术在世界领先；自体肝移植、无缺血肝移植等技术实现国际领跑；单中心儿童肝移植、心脏移植临床服务能力居世界前列。

打铁还须自身硬：
拓宽器官捐献来源满足移植需求　建立高层级机制坚持深化改革

器官捐献与移植，事关人民群众健康权益、社会文明和公平正义。受访者普遍认为，虽然中国人体器官捐献移植事业取得了长足发展，但与人民群众的需求还有差距。"打铁还须自身硬"，要从三大方面坚守生与死的公平，推动中国器官捐献移植事业从高速度发展向高质量发展迈进：

——进一步拓宽器官捐献来源，满足移植需求。"中国器官捐献数量和捐献率虽逐年增长，但与国内患者的巨大需求相比相去甚远。"王海波说，截至2020年10月，全国仍有60439人次等待肾移植、5879人次等待肝移植、503人次等待心脏移植、144人次等待肺移植。

武汉大学人民医院肾移植专家周江桥、浙江大学医学院副院长徐骁教授等呼吁：一是公民申领驾照时可以登记器官捐献意愿；二是鼓励党员干部、医护人员等特定人群逝世后捐献器官和遗体；三是在各大高校开设"器官捐献"通识课，让广大青年学子了解、加入器官捐献事业。

——建立多部门共同发挥作用的高层级机制坚持深化改革。黄洁夫建议，加快修订完善《人体器官移植条例（2007）》，对公民逝世后自愿器官捐献赋予完整的法律论述。同时，应尽快建立由政法、卫生、外交、宣传、司法、红十字会等部门共同发挥作用的高层级工作机制，确保中国器官捐献、获取、分配、移植、监管、执法、宣传以及国际交流与合作等各项工作形成合力。

华中科技大学同济医学院教授陈忠华等建议，加快建立器官成本核算机制以及符合国情、有中国特色的第三方器官捐献者家庭人道救助机制。

——加大监管力度，严厉打击器官买卖。受访者建议，卫生、司法、公安、纪检监察等部门须积极采取行动，对违法违规开展捐献、获取、分配、移植甚至参与器官买卖的，增加其违法违规成本，发挥震慑作用。

"逆水行舟，不进则退。'移'路同行，未来可期。"黄洁夫说，"我坚信，在党中央的坚强领导下，中国器官捐献与移植工作将持续深化改革，当之无愧地成为全球典范。这是对构建人类卫生健康共同体、保障人民群众健康权益的最大贡献。"

特邀执导： 张艺谋
指导单位： 新华通讯社
　　　　　　国家卫生健康委员会
出 品 方： 新华社《经济参考报》
　　　　　　中国器官移植发展基金会
　　　　　　中国人体器官捐献管理中心
　　　　　　新华出版社
出 品 人： 黄洁夫 / 严文斌 / 王贺胜 / 张超文 / 梁相斌
总 策 划： 张超文 / 郭燕红 / 周宁 / 赵洪涛
总 监 制： 张超文 / 朱国圣 / 王恒涛 / 宋振远 / 李佳鹏 / 周宁
主　　创： 张超文 / 周宁 / 祁蓉 / 黄可欣 / 王毅卉 / 王奇 / 李会平
执行导演： 周宁 / 李志伟 / 祁蓉
摄 制 组： 潘悦 / 赵傲 / 王毅卉 / 王奇 / 黄可欣
记　　者： 周宁 / 祁蓉 / 黄可欣 / 李会平 / 毛伟豪 / 侠克

编　　辑：陈东 / 王奇 / 王毅卉 / 王皓然 / 李安然 / 于江 / 李保金 /
　　　　　魏薇 / 申楠 / 邓婕

美　　工：吴雪梅 / 李骁珊 / 沙珺

协　　调：邵汝 / 邓婕 / 陈慧勤 / 孙艳

特别鸣谢：PICC 中国人民保险

希望燎原，大爱无疆

近年来，中国在器官移植领域锐意改革，攻坚克难，取得历史性成就，实现历史性变革。当前，中国已成为世界器官移植第二大国，正向第一大国迈进。2015年到2019年，中国内地公民逝世后器官捐献累计完成24112例。2019年中国每百万人口器官捐献率为4.16，是2015年的两倍多，这表明中国公民器官捐献意愿不断提升[1]。曾经的星星之火，已形成燎原之势。在"施"与"受"的更迭中，生命不息，大爱相传。

---

[1] 数据来源：中国器官移植发展基金会《中国器官移植发展报告（2019）》。

中国人体器官捐献与移植委员会主任委员黄洁夫：

器官捐献与移植工作实现三大变化

记者 黄可欣 广州报道

2020年12月18日至20日，在广州召开的第五届中国－国际器官捐献大会上，中国人体器官捐献与移植委员会主任委员黄洁夫怀着难以言状的感情接受《经济参考报》记者独家专访。

黄洁夫用"刮骨疗毒""壮士断腕"来形容中国器官捐献移植改革的艰难历程。他告诉记者，从国务院2007年颁布《人体器官移植条例》起经历十余年改革，我国器官捐献与移植工作发生了三大变化：全面向法治化轨道迈进、国际形象和地位显著提升、公民捐献意识和意愿逐步提高。

特别是从2015年1月1日起，中国公民自愿器官捐献成为器官移植的唯一合法来源。"这是落实十八届四中全会'依法治国'精神在器官移植事业改革中的重大举措，得到全社会的拥护和热烈响应以及国内外广泛赞誉。

（扫描二维码观看专访视频）

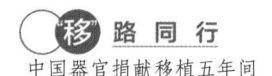

我国实现了器官来源的转型，全面步入器官捐献移植法治化进程，迎来了器官移植事业发展的春天。"黄洁夫说，在公平、公正、公开的法治基础上，在国家卫健委与中国红十字会两部门党组领导下，中国构建了"器官捐献""获取与分配""移植临床服务""移植科学注册""监管"五大体系，并在实践中不断得到完善。

黄洁夫告诉记者，近年来，我国器官捐献移植工作逐步登上了国际器官移植舞台，从国际移植对中国的"三不"遏制到获得国际社会的赞扬，改革的每一步都充满艰辛。世界卫生组织主管移植的官员约瑟·雷蒙·努涅斯教授于2018年TTS（国际器官移植协会）大会上说："世界器官移植像一艘大船，中国过去不在船上，也不知道中国驶向何方。但从2015年后，中国已经站在了船的中央，现在中国正开始引领船行进的方向。"他介绍说，2018年3月在梵蒂冈由联合国举行的"世界践行伦理行动大会"发表的宣言中高度赞扬以中国高层政府领导改革承诺为特点的"中国模式"。

黄洁夫介绍，从2015年到2019年，中国内地公民逝世后器官捐献累计完成24112例。2019年中国每百万人口器官捐献率为4.16，是2015年的两倍多，这表明中国公民器官捐献意愿不断提升。"从完成捐献的数量和移植手术的数量来说，我们目前是世界第二位。随着我国移植事业改革工作的推进，我相信我国将于2023年向世界器官移植第一大国迈进。"他说，以捐献者和捐献者家属为代表的全社会的大爱奉献，移植医务工作者的职业道德与勤奋攀登，以及红十字会协调员在生命接力赛中的家国情怀，是移植事业改革进步的源泉。

"2015年前，由于移植器官来源的敏感性，这个行业曾经是个'灰色地带'，不少人谈'移'色变。而今天器官捐献和移植已经受到广泛的社会认同，五年多来，我国主流媒体报道中许许多多器官捐献的感人故事每天都在感动中国。"黄洁夫说，器官移植科学技术起源于西方国家，但必须扎根于特定的文化背景和社会环境之中。我国的器官捐献与移植改革，借鉴国际先进经验，结合中国国情，让中华民族传统文化美德在这个事业中发扬光大，体现了"中国经验"与"中国智慧"。

黄洁夫告诉记者，2020年，受新冠肺炎疫情影响，许多国家的器官捐献与移植出现停滞和停顿，但中国"一枝独秀"，器官捐献与移植砥砺前行。虽然也受到一定影响，但这一年的捐献和移植情况与2019年基本持平。

记者在大会开幕式后，看到了武汉大学中南医院原院长周云峰教授书写送给黄洁夫的书法作品，作品内容分别是黄洁夫于2013年公民自愿器官捐献刚刚全面推开之际，及2020年11月参加武汉大学中南医院与中国器官移植发展基金会共同开展的"生命接力先锋队"联学联建党建活动时，两次登黄鹤楼并为中南医院写的小诗："随友攀登黄鹤楼，捐献大业绕心头。大道之行天地宽，恰似长江奔东流。"（2013）"携友再登黄鹤楼，光阴荏苒七冬秋。春华秋实汇硕果，初心不改踏新途。"（2020）回忆两首诗词的背景，黄洁夫对七年来的重大进展感慨万千。他表示，移植改革任重道远，与人民群众对高质量移植服务的需求还有很大差距，面对国内外复杂环境，由于移植事业涉及国家的法制、文明与社会经济的许多层次，不是一个单纯的医疗服务。"打铁还须自身硬。"黄洁夫说，"我们常说'打得一拳开，免得百拳来'，我们应该将移植改革这一拳打出去，通过器官移植事业的成功，展现一个政治大国应有的形象。登上世界移植事业顶峰，为中华民族伟大复兴作出贡献。"

PICC箴言：

2015年后，中国已经站在了世界器官移植这艘大船的中央，现在中国正开始引领船行进的方向。

国家卫生健康委员会副主任王贺胜：

我国已形成器官捐献移植五大工作体系

记者 魏薇 广州报道

国家卫生健康委员会副主任王贺胜在第五届中国－国际器官捐献大会开幕式上发表讲话时表示，器官移植关系患者健康和生命挽救，关系生命价值和尊严，关系社会的公平和正义。"稳妥有序开展器官捐献与移植，是一个国家医学发展和社会文明进步的重要标志，是保障人民根本利益、惠及民生的大事。"

王贺胜介绍，2019年我国共实施器官移植手术超过19450例。2020年虽然受到新冠肺炎疫情的影响，但截至11月底，我国已完成近5000例的捐献，器官移植手术量达到16307例，器官移植数量已稳居世界第二位。他说，目前我国多家医院移植数量位居世界前列，小肠移植也得到快速发展，器官移植技术水平不断提升。

王贺胜表示，目前我国器官捐献与移植已形成了"器官捐献""获取与分配""移植临床服务""移植科学注册""监管"五大工作体系，推动器官捐献与移植事业健康可持续发展。

"在法制保障方面，我国围绕《人体器官移植条例》，制定实施了一系列配套政策制度，着力构建人体器官捐献与移植管理的科学化、法治化、规范化制度管理体系。"王贺胜说，我国器官捐献与移植工作在人体器官捐献、获取分配、移植临床服务、数据登记、监管等各个方面加强了顶层设计，完善制度建设，理顺工作机制，加强人体器官捐献与移植的法制保障。

在健全捐献获取分配机制方面，王贺胜表示，我国的器官捐献和移植工作依托中国红十字会进行广泛的社会宣传动员，创新捐献动员举措，鼓励公众积极参与，建立器官获取组织。"同时，我们规范器官获取流程，启用中国人体器官分配与共享计算机系统，将患者病情紧急程度和器官匹配程度等医学指标作为分配器官资源的唯一准则，保障器官分配科学、透明、公平、公正。"

"通过不断提高器官移植质量，推动技术能力和水平提升，我们在器官来源转型成功的同时，实现了器官移植'量''质'双升。"王贺胜介绍，为提升器官移植技术水平，我国成立了器官移植质控中心，建立以大数据为支撑的信息化质控平台，实现了从器官捐献、获取、分配到移植的全过程可追溯管理，将器官移植质控纳入全国医疗质量控制体系，保障质量安全。

据王贺胜介绍，目前，国际上已开展的器官移植我国均已开展，部分器官移植技术实现了突破，器官移植质量也不断提升，器官移植术后受者生存率等指标达国际先进水平。

"十年以来，我们立足于中国实际，借鉴国际先进经验，逐步完善人体器官捐献工作体系的建设。"王贺胜表示，经过多年不懈努力，一个遵循伦理、符合我国国情和文化的器官捐献的工作模式，已经建立并不断完善。

"下一步，我们将围绕人民群众对移植服务的需求，与移植事业发展不平衡不充分这个主要矛盾，推动器官捐献与移植事业由高速度增长向高质

量发展转变。"王贺胜表示,将进一步加大器官捐献推动力度,扩大器官移植优质医疗资源供给,促进器官移植医疗资源的区域合理布局,进一步提高器官移植技术同质化水平,推动器官移植事业高水平均衡发展。

PICC箴言:

经过多年不懈努力,一个遵循伦理、符合我国国情和文化的器官捐献的工作模式,已经建立并不断完善。

国家卫生健康委员会医政医管局监察专员郭燕红：

推动器官捐献移植工作高质量发展

记者 黄可欣 广州报道

"通过大家的共同努力，我国的器官捐献与移植工作已经构建了政府主导、部门协作、行业推动和社会参与的大格局。"2020年12月18日至20日于广州召开的第五届中国－国际器官捐献大会期间，国家卫生健康委员会医政医管局监察专员郭燕红表示，下一步，国家卫健委将推动器官捐献与移植事业由高速度增长向高质量发展转变，在发展"量"的同时更加注重"质"的问题，努力实现更高质量、更有效率、更加公平、更可持续的发展。

据悉，目前我国公民自愿器官捐献的数量在全球名列第二，在亚洲名列第一。在郭燕红看来，器官捐献移植事业关系患者的健康和生命挽救，关系生命的价值与尊严，更关系社会公平正义，体现人性光

（扫描二维码观看专访视频）

辉，是一个国家医学进步和社会文明的标志。

郭燕红表示，目前，我国器官捐献与移植的发展呈现出数量、质量双升的局面，这说明器官捐献和移植的发展正更好地服务于人民健康。与此同时，随着目前医保扩面、提标，人民群众生活水平和经济水平不断提升，大家对移植服务也有了更高的需求。在郭燕红看来，当下人民群众对移植服务需求与移植事业发展不平衡、不充分的矛盾依然存在。

"不平衡"主要指器官移植的医疗资源分布不平衡，大部分能够提供高水平移植服务的医院仍集中在东部发达地区。对此，郭燕红表示，卫健委将通过支持支援并加大技术帮扶力度，来促进优质移植医疗资源均衡布局，并在此基础上扩大优质的移植医疗资源，让人民群众能够就近获得更好的移植服务。

对于"不充分"的问题，郭燕红表示，核心的解决办法就是要扩大供给。"一方面要通过宣传，不断提升捐献的数量；另一方面要通过技术的创新，更好地保障器官的质量，提升器官移植成功率，使得移植服务更好地惠及百姓。"郭燕红称，随着近年来捐献工作的开展，报名登记自愿捐献器官的人数已经超过了270万，"足以看出社会公众对捐献器官这一闪耀着人性光辉的行为的认同和践行"。

郭燕红表示，未来，将推动完善相关法律法规、加强部门协作形成合力、加大有关行政处罚的力度，进一步促进器官捐献和移植工作的高质量发展，为人民群众提供更多数量、更高质量以及更加全面的器官移植服务，挽救更多生命。

PICC箴言：

推动器官捐献与移植事业由高速度增长向高质量发展转变，在发展"量"的同时更加注重"质"的问题。

中国器官移植发展基金会执行理事长赵洪涛：

建立全社会共同参与的器官捐献体系

记者 于江 北京报道

"父亲对我的支持，是我在器官捐献与移植事业上坚持前进的动力。"中国器官移植发展基金会执行理事长赵洪涛讲述了一段令他记忆深刻的往事。2018年，父亲准备接受胆囊摘除的手术，手术本身并不复杂，但因父亲还有其他一些合并症，所以手术面临着极大的风险。

"在手术的前一夜，父亲给我发了一张照片，竟然是父亲早在两年前就办理的人体器官捐献志愿者登记卡。虽然一个字都没有说，但我已经明白了父亲的意图。手术过程很顺利，父亲平安渡过这一难关，但是他给我的那种支撑和力量我始终记得。"赵洪涛深有感触地说。

赵洪涛介绍，自己原来是一名急诊科的医生，考取公务员后进入卫生部工作，一直跟随原卫生部副部长黄洁夫，做了大量器官

（扫描二维码观看专访视频）

捐献的相关工作,见证了中国器官移植事业的发展历程。

谈及近年我国器官捐献和移植的显著变化,赵洪涛介绍,自2015年起,中国公民志愿器官捐献成为我国器官移植唯一器官合法来源。该规定实施的第一年,我国就实现了2775例公民身后器官捐献,此后每年平均增长20%左右,到2018年达6302例。近年来,我国器官捐献体系建设逐步规范化,捐献流程也更为透明。随着公民对上述体系信任感的逐年增强,我国器官捐献数量开始迎来大幅增长,同步开放的多个全新登记渠道也大大激发了社会各界的捐献热情。

2016年年底,基金会主管的施予受器官捐献志愿登记网在支付宝上线,目前已与全国40家医院实现对接。该平台大大简化了登记流程,只需简单几步即可快速完成登记,上线短短一年内,登记人数就翻了一番。截至2020年6月10日,施予受网站器官捐献志愿登记已超过133万人次。

赵洪涛认为,器官捐献和移植工作为国家医务健康工作带来了积极影响。器官移植是非常特殊的领域,它不仅是医疗行为,还与社会、法治、伦理和经济等各个领域都有联系。对于医务医疗机构来说,开展器官移植手术要涉及综合学科的能力,也代表了其自身的医疗水平。目前全国只有170家医院能够开展器官移植医疗手术。同时医师申请人体器官移植医师执业资格,必须满足一定的临床经验,经过专门的培训,通过考核之后才能取得,所以器官移植对医疗卫生领域,包括医院的发展有非常巨大的促进作用。

谈及如何能够推动器官捐献移植事业健康发展时,赵洪涛提出三点建议:一是器官移植的发展一定要有法治化的建设。2007年颁布的《人体器官移植条例》已远远不适应当下器官移植捐献工作的需要,发展过程中凸显的一些问题也亟待通过修订条例明确下来。二是改善机制体制方面建设滞后的局面。器官移植来源已经改变了,但是能够适应器官移植来源改变之后的机制体制，现在还没有建起来。三是要发挥社会的力量，呼吁更多的组织和个人，包括红十字会和慈善机构一起参与到器官捐献的工作中来，提高各个部门"协同作战"的能力，通过社会的力量，让仁爱与慈善更好地发挥出来，从而激发更多的社会正能量。

目前，我国因终末期器官衰竭而苦苦等待器官移植的患者约有30万人，但每年器官移植数量仅约两万例，移植的缺口很大。赵洪涛表示，器官捐献的宣传工作需要全社会动员起来，建立起全社会共同参与的器官捐献体系，希望更多的社会力量加入支持器官捐献的宣传倡导工作，让更多需要接受器官移植的患者看到生的希望。

PICC 箴言：

器官捐献的宣传工作需要全社会动员起来，建立起全社会共同参与的器官捐献体系。

中国工程院院士、清华大学附属北京清华长庚医院院长董家鸿：

移植医生是器官捐献者与受者间的生命摆渡者

记者 王奇 黄可欣 于江 北京报道

"得益于现代科技和现代医学的进步，器官移植技术已经成为救治终末期器官功能衰竭病人的有效手段，但是我们能够通过器官移植来拯救的病人数量仍然有限。"中国工程院院士、清华大学附属北京清华长庚医院院长董家鸿在接受《经济参考报》记者独家专访时表示，供体的短缺已经成为制约器官移植这项事业发展的瓶颈。

（扫描二维码观看专访视频）

董家鸿介绍，在北京清华长庚医院，每年有数千病人等待肝脏移植，但每年能够接受肝移植的病人只有几百人。

面对病人"什么时候可以进行移植手术"的追问，医生常常只能鼓励病人坚持等待爱心器官捐献。"器官来源有限，对临床器官移植工作是很大的制约。"董家鸿说，"作为一名临床医生，当我们在临床上看到那些本来可以用器官移植的技术进行救治的病人，因为器官的短缺，而不能够实现我们救治病人的初衷，心里边是非常痛苦的，是一种煎熬。"

在董家鸿的诸多移植手术中，时间最长的一台耗时近20小时。在紧张的病肝切除过程中不能休息，病肝切除后有短暂的休整，紧接着就要把新的肝脏移植上去。董家鸿说，站在手术台上，往往会忘记疲劳，移植医生就像是捐献者与受者间的生命摆渡者，"当我们通过手术，通过艰苦的努力，一个濒临死亡的病人通过器官移植获得了新生，我们感到非常幸福。这种幸福的感觉是不能用语言来表达的。"

PICC 箴言：

当我们通过手术，通过艰苦的努力，一个濒临死亡的病人通过器官移植获得了新生，我们感到非常幸福。这种幸福的感觉是不能用语言来表达的。

中国人体器官捐献与移植委员会委员霍枫：

以创新为驱动，推进我国器官捐献与移植事业高质量发展

记者 李会平 广州报道

"在全社会的不懈努力下，我国器官捐献与移植改革取得了巨大成就，已逐步建立起科学公正、遵循伦理、符合国情的公民器官捐献移植体系。"中国人体器官捐献与移植委员会委员霍枫认为，器官捐献与移植工作未来将以创新性改革为驱动，推动器官捐献与移植事业由高速度增长向高质量发展转变，具体包括技术创新、管理创新、理念创新、模式创新四方面。

据悉，近年来，各级行政部门围绕《人体器官移植条例》，制定实施了一系列配套政策制度，着力构建人体器官捐献与移植管理的科学化、法治化、规范化制度管理体系，推动器官捐献与移植事业健康和可持续发展。中国器官移植发展基金会发布的《中国器官移植发展报告（2019）》数

（扫描二维码观看专访视频）

据显示，目前我国公民自愿器官捐献的数量在全球名列第二，在亚洲名列第一。器官移植质量不断改善，1年与5年生存率达到世界领先水平。

霍枫表示，为进一步提升器官移植技术水平，更好地满足人民群众对移植服务的需求，新一届中国人体器官捐献与移植委员会明确，我国器官捐献与移植工作的重心将由高速度增长向高质量发展转变。

关于我国器官捐献与移植工作如何才能高质量发展，在霍枫看来，在科学规范基础上的创新性发展是高质量发展的根本保障。创新性发展主要体现在技术创新、管理创新、理念创新和模式创新四方面。

霍枫认为，技术创新是器官移植高质量发展的动力来源。在器官捐献与移植过程中，需要不断利用技术手段解决所面临的各种难题。霍枫举例说，西班牙利用技术效应扩大捐献标准，西班牙捐献者年龄在60岁以上的超50%，这也是西班牙器官捐献移植工作得到较快发展的因素之一。而我国2015年至2018年器官捐献者的中位年龄是44岁，相比欧美国家偏低。今后在大力推动器官捐献的同时，也要不断提高扩大标准的捐献器官利用率。

随着人体器官捐献与移植工作的深入开展，管理创新将是高质量发展的重要保障。霍枫表示，在器官捐献移植体系基础上，对捐献与移植各环节管理理念、模式和方式的创新，是提升器官移植技术水平的根本保障。据悉，目前，我国建立了以大数据为支撑的信息化质控平台，实现了从器官捐献、获取、分配到移植的全过程可追溯管理，将器官移植质控纳入全国医疗质量控制体系，保障质量安全，也确保器官分配遵循公平、公正、公开原则。

如何在增加扩大标准供体器官利用的同时，又能够保证器官移植的质量？对此，霍枫称，这需要用一些特殊技术和方法，也就是理念创新，比如说"器官集中呵护单元（器官ICU）"理念。他介绍道，临床上ICU用于

危重病人的救治,而欧美国家为器官捐献者专门建设有捐献者ICU,帮助维护捐献者器官功能。"器官ICU"针对已经获取了的扩大标准供体器官,由于这类器官存在着诸多不确定性,安全起见可以先送到器官ICU进行灌注、保存、评估和修复等处置,直到器官质量达标。"'器官ICU'提高捐献器官利用率的同时,也可以进一步提高移植质量,保障移植受者安全。"

在模式创新方面,霍枫建议要从过去单一的器官捐献拓展到人体组织捐献。他指出,人体组织库建设对于临床应用,尤其是对大规模灾难性事件造成组织损伤的修复,具有非常重要的意义。2021年1月1日开始实施的《中华人民共和国民法典》明确提出,公民有权依法自主决定无偿捐献其人体细胞、人体组织、人体器官、遗体等。在霍枫看来,民法典的实施,为人体组织库建设工作提供了法律支持,是很重要的里程碑。此外,霍枫表示,我国日趋完善的器官捐献与移植体系,也为人体组织捐献和应用工作奠定了很好的基础。

PICC箴言:

今后在大力推动器官捐献的同时,也要不断提高扩大标准的捐献器官利用率。

华中科技大学附属同济医院器官移植专家陈忠华：

民众更多的认同是器官捐献最大的进步

记者 魏薇 广州报道

在华中科技大学附属同济医院器官移植专家陈忠华看来，近年来中国器官捐献移植工作最大的变化，是器官捐献基本知识的普及。当前，越来越多的民众了解到，一个人生命终止时的器官捐献，可以救助更多的患者。"能让越来越多的人有这样的认同，我觉得这是最大的进步。"

中国器官移植发展基金会2020年12月19日发布的《中国器官移植发展报告（2019）》显示，2015年到2019年，中国内地公民逝世后器官捐献已累计完成24112例。2019年中国每百万人口器官捐献率为4.16，是2015年的两倍多，这表明中国公民器官捐献意愿不断提升。

在现代医学文明发展进程中，器官移植挽救了大量患者的生命，但器官来源短缺一直是难以逾越的障碍。陈忠华在谈到

（扫描二维码观看专访视频）

器官捐献移植供需矛盾时表示，现在器官仍然是一种稀缺资源，世界各国都在努力解决这一难题。

据陈忠华介绍，西班牙的器官捐献率长期位居全球第一。2020年西班牙又进一步提出一项"50×22"口号，意指到2022年，每百万人口年捐献率，即PMP，达到50。中国在推动器官志愿捐献工作方面已经取得很大进展，但距离解决器官供需矛盾，还有相当大的距离。

陈忠华认为，虽然我国的器官移植技术已经达到国际水平，但相关立法工作滞后。完善的法律法规，有利于提高器官捐献率，更好推动器官移植工作，挽救更多生命。

陈忠华是我国"脑死亡"科学概念推出及临床实践第一人，对于器官捐献与移植工作的未来，他说，路漫漫其修远兮，吾将上下而求索。

PICC箴言：

完善的法律法规，有利于提高器官捐献率，更好推动器官移植工作，挽救更多生命。

昆明市第一人民医院院长李立：

持续推动人体器官捐献移植规范化、法治化

记者 黄可欣 广州报道

昆明市第一人民医院院长李立表示，云南省在器官捐献与移植工作方面积极探索，强规范、严把关、重专业，经过近年的努力，用实际情况、真实案例获得国外专家学者的认可和赞誉。

四项做法推动云南捐献与移植工作

李立告诉记者，云南在十余年前就开始为器官捐献移植工作开展做准备。总结近年的实践经验，李立认为其中四项做法尤为重要。

将移植医生、移植科室和捐献科室分开。李立表示，这一做法很早就开展了，目的是杜绝两个科室成为所谓的"利益共同体"。"这方面我们的把关很严"，李立进一步解释，完全分离器官捐献组织和器官移植的科

（扫描二维码观看专访视频）

室,主要是保证在工作的接洽过程中,两个科室有各自的责任划分,不会因为器官移植的医生很想做手术而触及一些红线。

推动器官捐献移植工作法治化。李立介绍,云南省在2016年正式实施了《云南省人体器官捐献条例》。他告诉记者,这一条例的出台经历了6年的努力,最后成为云南的地方法规,规范了器官捐献的各个环节。"这让今后器官移植医生、器官捐献协调员的工作有法可依,并受到法律保护。当然也同时限制、规范了他们的行为,必须在法律的框架下来运行。"李立说。

此外,李立表示,在推动器官捐献移植工作的过程中,昆明市第一人民医院也积极吸取国外的规范化做法。李立举例说,在器官捐献环节,潜在供体最多的科室是重症加强护理病房(ICU)。"所以我们的人体器官获取组织(OPO)把主要精力放在ICU,以尽早、尽可能多地发现潜在供给,然后来进行器官捐献的工作。聚焦好潜在供体的目标人群,这是我们的第三点经验。"

最后,器官捐献移植的专业队伍也至关重要。李立告诉记者,云南省在伦理规范、技术交流、法律法规等方面对人体器官获取组织(OPO)协调员进行了非常多的培训。

在李立看来,持续推进这四方面工作,未来器官捐献的理念才会更深入人心。李立说,中国公民自愿器官捐献推行五年来,实际上已经取得了很好的效果。"未来还任重道远,我们还需要继续努力,加大宣传力度,让更多人来参与器官捐献的工作。"

真实情况获得国外专家赞誉

在李立看来,2015年以后,我国器官捐献和移植工作走向了法治化、规范化的道路,国际形象大大提升,获得了国际主流的认可和赞誉。

李立告诉记者,一次会议期间,国外一些器官捐献移植组织负责人、专家等到昆明市第一人民医院参观。"看了我们的台账、记录和供体的病历后,他们对治疗的经过非常清楚。"李立说,当时恰巧有一例捐献案例正在进行,捐献者家属签捐献志愿书的时候,几位来自西班牙的专家一同在旁见证,并亲历了移植手术、受者术后康复出院的整个过程。在李立看来,这种真实案例、真实情况大大改变了国外专家对中国器官捐献移植工作的看法。"他们说,从专业的角度或者专家的角度来看,中国是在按照国际的伦理原则和世界卫生组织的指导原则发展器官捐献和移植工作。甚至日后他们还自发来为中国的器官捐献移植工作成果发声。"

PICC箴言:

　　未来还任重道远,我们要继续努力,让更多人参与器官捐献的工作。

西安交通大学第一附属医院肾脏病医院院长薛武军：

聚焦源头问题，提高器官捐献与移植工作质量

记者 黄可欣 广州报道

第五届中国-国际器官捐献大会召开期间，西安交通大学第一附属医院肾脏病医院院长薛武军教授建议聚焦器官供体数量与质量、公民捐献意愿等源头问题，推进器官捐献与移植工作高质量发展。

薛武军认为，想要提高器官移植技术和治疗水平，就需要先提高器官的质量。薛武军介绍，目前已经通过对供体和器官进行评估、提高器官保存水平等技术手段，为移植器官质量提供保障。

"在这基础上，我们还需要在体制机制上进行完善，例如在器官捐献环节建立重症医学科病人的上报机制。"薛武军告诉记者，目前基本上是由人体器官获取组织（OPO）到负责区域内各个医院去寻找出适合的潜在捐献者，尚未形成制度性的机制，很难较为全面地掌握信息。薛武军表示，据

（扫描二维码观看专访视频）

西安交通大学第一附属医院 OPO 服务区域医院不完全统计，2020 年 11 月，医院 4 个主要科室死亡人数 229 个，但是 OPO 了解到的不足 20 个。薛武军解释说，这 200 余例中也许就存在适合捐献的潜在供体，而 OPO 了解到的 20 个也许并不都适合捐献，类似这样信息的脱节和缺失，是大力推进器官捐献工作的短板。

"如果建立起上报机制，将有可能适合捐献的病人上报，我们有关的技术人员再进行整理、甄别，然后有针对性地推进捐献工作，这样可能效率更高，捐献案例数量和质量会大大提升。"薛武军告诉记者，目前器官的来源还很不足。随着医疗水平和器官移植服务可及性的提高，器官移植的需求会越来越大，因此在完善机制之外，还必须在宣传器官捐献、普及知识、传播理念及工作制度等方面下功夫。

薛武军认为，器官捐献宣传和普及也应抓好"源头"，从医生、医学生的教育开始。"据我了解，目前即便在医学生群体中，知晓器官捐献并登记成为捐献器官志愿者的人数比例也还不足 10%。"他建议对医学生本科教材的教学大纲和课程内容进行改革。薛武军举例说，目前外科学教材中对移植内容也只在外科学总论有一节，只有两个学时，相关专业教材和课程中并没有移植和捐献的内容。除了教材中，薛武军还建议在必修课程外开设器官捐献和移植内容的讲堂讲座，供学生选修。同时，还应继续加强器官移植医师的培训，提升技术水平和医疗质量，加强移植医师队伍建设。

PICC 箴言：

信息的脱节和缺失，是大力推进器官捐献工作的短板。

中山大学附属第一医院副院长何晓顺：

用先进的器官移植技术为人民服务

记者 邓婕 广州报道

"中国的器官捐献和移植工作正步入正规化、规范化的轨道，器官移植技术全面突破，整个社会对器官捐献的关注度、理解度也大幅提升。"在第五届中国－国际器官捐献大会期间，中山大学附属第一医院副院长何晓顺教授在接受《经济参考报》记者专访时表示，在阳光、透明、符合国际惯例的模式下，用先进的技术为人民服务，是医务工作者始终坚守的事情。

何晓顺指出，移植技术从西方传到中国，经过20多年的发展，我国的移植技术从学习跟跑，到并肩，再到现在有能力领跑，变化是非常大的。"自2017年实施全球首例'无缺血'肝移植术以来，我院已累计完成73例相关手术。经过近几年的努力，这一技术已比较成熟，成为我们中心肝移植的常规手术。"

（扫描二维码观看专访视频）

何晓顺介绍，既往器官移植过程中，通

常采用冷灌注及冷保存方式，器官活力与质量容易受损，影响移植疗效。他告诉记者，"无缺血"移植技术破解了"器官缺血损伤"这一困扰器官移植领域的难题，能够有效减少器官移植术后并发症，进一步提高受者生存率。"近期，我们正准备将此项技术应用到心脏移植术中，一旦成功，将会有更多的患者受益。"何晓顺说。

近年来，5G、云计算、人工智能（AI）等技术快速发展。AI赋能医疗，在何晓顺看来十分必要。第一，大数据技术有利于潜在供体捐献者的发现，可以及时地将信息反馈给器官获取组织（OPO）；第二，利用大数据、AI技术，可以优化受体遴选，同时还可将受体的术后随访归入慢病管理，提高工作效率；第三，受体可以在家通过移动医疗进行咨询，医生通过大数据将病人分成若干个群，集中辅导，提供最专业的指导。

"器官移植是医学技术的顶峰，是治疗终末期器官功能衰竭患者的有效医疗手段，也是提高国民健康素质的最后一道防线。"何晓顺表示，今后我们将继续学习先进技术，不断钻研，探索领先领跑的新一代移植技术，为广大患者带来更多福音。

PICC箴言：

用先进的技术为人民服务，是医务工作者始终的追求。

首都医科大学附属北京同仁医院王宁利：

提升公民角膜捐献意识 让更多患者重见光明

记者 侠克 北京报道

眼角膜移植术可使多数因角膜病致盲的病人恢复光明。眼库的建立，使许多发达国家已将角膜移植列为眼科常规手术。首都医科大学附属北京同仁医院王宁利教授和中山大学眼科中心角膜移植专家、广东省眼库副主任冀建平教授在第五届中国－国际器官捐献大会期间接受记者采访时呼吁，提升公民角膜捐献意识，让更多人加入"重塑光明"的事业中来。

王宁利教授介绍，根据2006年全国第二次残疾人抽样调查数据估计，我国的角膜盲患者群体约有500万，每年新增的角膜盲人群有10万人左右。而2019年数据显示，我国医疗机构一年能够完成的角膜移植数量虽然增长较快，但全层角膜移植也仅在8000例到1万例。

冀建平教授表示，受限于角膜移植材料的匮乏，眼科医生也是"巧妇难为无米之炊"。大量角膜盲患者只能在黑暗中苦苦等待,部分患者更因等待时间过长错失最佳治疗时机而永久失明,为社会和家庭带来沉重负担。而角膜移植是角膜盲患者唯一有效的手术治疗方法。

专家介绍,由于传统文化影响,百姓对角膜捐献持保守态度。"最主要的原因还是习俗上的问题,不少家属期望逝者能保留眼睛能'看'到另一个世界的路。有的愿意捐献,也只愿捐献一只角膜,要留一只眼看路。"王宁利说,这需要进一步做好角膜捐献的宣传工作。

记者了解到,2019年,中国共完成5818例公民逝世后器官捐献,实施器官移植手术近两万例,器官捐献、移植数量均位居世界第二位。

中国器官移植发展基金会2020年12月19日发布的《中国器官移植发展报告(2019)》显示,2015年到2019年,中国内地公民逝世后器官捐献已累计完成24112例。2019年中国每百万人口器官捐献率为4.16,是2015年的两倍多,表明中国公民器官捐献意愿不断提升。

王宁利说,如果每一位器官捐献者的角膜都能用上,中国的角膜来源会大幅度提高,将基本满足目前我国临床上对角膜移植的来源需求。由于一个人的角膜可以用到多个患者身上,若能够充分利用捐献者的器官和组织,不仅能够挽救许多生命,也能够为更多的患者再塑光明。为推动我国角膜捐献和移植事业发展,提高眼库和角膜移植质量与水平,由国家卫生健康委医政医管局牵头,全国防盲技术指导组成立了眼库专家委员会,制定了《眼库管理规范》《眼库操作技术指南》和《眼库质量管理和控制指标》,并配合建立了"中国人体角膜分配与共享系统(试运行)"。

据了解,1990年6月12日,北京同仁医院和北京眼科研究所建立了国内首座眼库——同仁眼库。著名眼科专家张晓楼教授作为建立北京同仁眼库的第一个倡导者,生前在"逝世后捐献角膜"志愿书上第一个签上自己的名字,在张教授去世以后,他也成为同仁眼库诞生以来的第一位捐献

角膜的人。

依托中山大学中山眼科中心,广东省眼库在1994年正式挂牌设立。2013年,该机构成为红十字角膜捐献中心。2020年广东省眼库的角膜捐献量达到1200片。

PICC 箴言:

提升公民角膜捐献意识,让更多人加入"重塑光明"的事业中来。

南京医科大学附属无锡人民医院副院长、江苏肺移植中心主任陈静瑜：

怀着对生命的敬畏做好每一台手术

记者 李保金 黄可欣 广州报道

"老百姓的理念转变了，现在爱心捐献的意识转变非常多，这是我近年来感受最明显的。"南京医科大学附属无锡人民医院副院长、江苏肺移植中心主任陈静瑜接受《经济参考报》记者专访时表示，近年来，我国器官捐献数量稳步增长，背后其实是器官捐献和移植工作的快速发展。

2015年1月1日，中国公民自愿器官捐献成为器官移植供体来源的唯一合法途径。在陈静瑜看来，几年间，中国器官捐献和移植事业获得了长足发展。2015年到2019年，中国内地公民逝世后器官捐献已累计完成24112例，2019年中国每百万人口器官捐献率为4.16。"近几年，每年有5000到6000例公民逝世后器官捐献，2019年这个数字是5818例。

（扫描二维码观看专访视频）

2020年尽管受到疫情的影响，但是我们的捐献和移植工作没有停下。每天就有16到17个病人在做爱心捐献。"陈静瑜表示，2020年我国在疫情下器官捐献和移植工作在国际上表现"一枝独秀"，这与近年来的努力和铺垫是分不开的。陈静瑜告诉记者，2019年无锡市做了149例肺移植，2020年做了155例，数量没有受疫情影响，反而增加了。

陈静瑜告诉记者，早在2000年，自己就赴国外学习肺移植技术。"当时我还想，学成回国以后我们怎么开展捐献和移植项目？没想到短短几年，我们发展就这么快。"陈静瑜表示，现在中国器官捐献和移植完全跟国际接轨。"我去国外交流我们的移植五大体系，即'器官捐献''获取与分配''移植临床服务''移植科学注册''监管'这五个体系，他们听了以后都觉得不可思议，认为我们发展太快了，还主动提出要和我们进行科研合作。"陈静瑜说。

"器官移植医生就是一个摆渡人。"在陈静瑜看来，器官移植是一个桥梁，通过医务工作者的手，把生和死紧密结合在一起。"我非常感恩这种爱心的器官捐献，正是有了他们的爱心捐献，才有了供体，有了供体才使我们医护人员能够来救治这一类濒危的病人。"陈静瑜对记者发出感慨，"所以我们带着敬畏生命的心情做好每一例手术，把每一例手术都当成第一例，尽最大可能使生命得以延续。"

PICC箴言：

带着敬畏的心情，做好每一例手术，尽最大可能使生命得以延续。

北京友谊医院器官移植中心主任朱志军：

器官移植"中国标准"得到国际认可

记者 黄可欣 广州报道

2020年12月18日至20日，第五届中国-国际器官捐献大会于广州召开。大会期间，北京友谊医院器官移植中心主任朱志军表示，无论从技术方面还是从规范性方面看，中国的人体器官捐献与移植工作都在快速发展，"作为一名移植医生，我能切身感受到我国器官捐献与移植工作步入法治化、规范化的轨道，国际地位越来越高。"

"通过和国内外医生的交流，我们感受到，我国器官捐献移植发展得非常快，同时我们的移植技术也在不断发展。"朱志军表示，目前我国多项器官移植技术在世界上领先。"以肝移植为例，本身我国人口基数大，近几年中国的儿童移植手术是全世界最多的。而我国提出的很多标准也在国际上得到广泛认可，甚至成为他们的指南。"朱志军告诉记者，越来越多的国

（扫描二维码观看专访视频）

外医生和捐献移植工作者认识到中国的改变和进步，所以也越来越愿意和中国探索更多合作。

在朱志军看来，近年器官捐献与移植工作最大的变化，就是实现了公民自愿捐献为器官移植唯一合法来源的转型。"让我们捐献和移植的工作在阳光下进行，实现公开透明、合法合理，同时还合情，作为临床医生来讲，就更有成就感了。"

朱志军同时也指出，目前器官捐献与移植发展不充分、不平衡的问题仍存。"每个地区起步阶段不一样，所以必然存在移植技术水平不一样的情况。"朱志军介绍，目前我国正在优化移植医院布局，让急需器官移植的病人能够就近找到高质量的医院和高水平的移植医生得到治疗。此外，我国培养移植医生的进度也在加快，通过培训建设更壮大、更高水平的移植医生队伍，让更多人获得高质量的医疗救助和移植服务。

PICC 箴言：

让捐献和移植的工作在阳光下进行，临床医生更有成就感了。

武汉大学人民医院器官移植科主任周江桥：

提高移植患者存活率是移植医生职责所在

记者 李会平 武汉报道

"医学科学的进步、器官移植技术的发展，是终末期器官衰竭患者的福音。目前，器官移植已经成为提高人类生活质量的医疗手段。"武汉大学人民医院器官移植科主任周江桥在第五届中国－国际器官捐献大会期间接受记者专访时表示，作为移植医生，最欣慰的是看到患者术后恢复健康的模样。"进一步提高移植患者的远期存活率是我们的职责所在。"周江桥说。

《中国器官移植发展报告（2019）》显示，2019年，我国共完成5818例公民逝世后器官捐献；实施器官移植手术近两万例，其中肾脏移植12124例。亲属间活体肾脏移植和公民逝世后器官捐献肾脏移植的一年、三年移植肾生存率满意。

周江桥介绍，在新冠疫情防控期间，我国器官捐献和移植仍在进行。其中新疆肾移植患者谷明的康复，成为世界首位重症新冠肺炎痊愈后

（扫描二维码观看专访视频）

成功接受肾移植的病例。"当时没有其他的经验可以借鉴。手术过程中，医生护士都穿着三级防护服，原本一两个小时完成的手术，后来花费了三个半小时。"周江桥表示，该患者手术后康复得很好，三个月后就回到了新疆。"手术过程相当不容易，也有一定的风险性，好在结果很圆满。"回顾谷明肾移植的过程，周江桥不禁发出感慨。

"器官移植工作很伟大。"在周江桥看来，器官移植医生其实是生与死的"摆渡人"，他们用捐献者留下的"珍贵礼物"，通过移植手术，让濒危的器官衰竭患者焕发新生。但器官移植复杂程度高、风险大，作为医生须尽最大努力把手术意外降到最低，将移植患者存活率提升到更高。

此外，移植医生时常面对最现实的拷问。周江桥告诉记者，他经常接到等待移植患者的电话，询问什么时候能做手术。"我也只能告诉他们耐心地等待捐献的器官。"他指出，器官来源短缺是器官移植事业面临的最大瓶颈。目前，我国每年仅有20%在国家COTRS系统里登记的终末期肾脏衰竭患者能接受肾移植手术，器官来源短缺也是全世界都在努力解决的难题。

"受传统观念影响，公民对器官捐献理念的接受还需要一个过程。"周江桥表示，应通过加强对器官捐献理念的倡导、宣传以及教育，逐渐提高民众对器官捐献的接受程度。他举例说，2017年，医院曾为一位二十多岁的患者实施肾移植手术，术后恢复得很好，但不久后又因并发症引起脑疝，不幸去世。因先前受到器官捐献者大爱的感染，患者的母亲便主动提出将女儿的肝脏捐献给等待移植的患者，将人间大爱传递下去。

周江桥表示，我国已经使用了公平、公正的人体器官分配与共享计算机系统，让每一位等待器官移植的患者，都有机会获得合适的器官。"这将更加有助于推动器官捐献这一体现社会公平正义、促进医学科学发展、造福于广大等待器官移植患者的公益事业健康发展。"周江桥说。

PICC箴言：

进一步提高移植患者的远期存活率是我们的职责所在。

新疆医科大学第一附属医院温浩：

让器官捐献理念在人们心里形成共识和习惯

记者 魏薇 广州报道

新疆医科大学第一附属医院温浩教授表示，器官捐献和移植对于全方位提升欠发达地区医疗服务水平意义非常重大，是生命的接力，传递大爱。"当一个人的生命终止后，他的器官可以延续生命，这是一种非常好的理念。只有通过我们执着努力的宣传，才能让人们转变观念，从心里形成共识和习惯，让好的经验和理念慢慢影响到我国西部地区，特别是边疆地区。"温浩说。

据温浩介绍，包虫病是一种人畜共患的寄生虫病，尤其是泡型包虫病素有"虫癌"之称。而重症肝包虫病患者往往需要肝脏移植、自体移植等复杂外科技术才可以得到根治。温浩说："新疆是我国第二大牧区，曾经是世界上包虫病高发地区之一，青藏高原目前仍处于高发状态。我们更需要把根治性肝脏外科技术用到包虫病的救治上，特别是发挥自体肝移植这项技术优势，才

（扫描二维码观看专访视频）

能更有效、低成本地挽救很多危重病人的生命。"

"由于病程较长,包虫病给患者及其家庭带来身心痛苦和沉重经济负担,也给畜牧业生产带来巨大损失,是导致农牧区群众'因病致贫、因病返贫'的重要原因之一。"据温浩介绍,2019年,中央财政支持社会组织示范项目(2019)南疆重症肝包虫病患者"生命接力"计划试点项目启动。该项目由中国器官移植发展基金会申请设立,新疆医科大学第一附属医院作为落地实施单位配合完成。项目总金额为121.8万元,其中中央财政资金80万元,中国器官移植发展基金会配套资金41.8万元。项目针对贫困重症包虫病外科治疗患者,在医疗保险、国家政策报销外,资助住院费用、患者及家属交通费、食宿费和随访费用等,实现精准扶贫治疗"零支付"。温浩告诉记者,该项目的落地切实帮助患者得到及时救治,2020年覆盖新疆,并拓展到青藏高原包虫病高发省和自治区,使更多患者受益。

在温浩看来,中国的器官捐献移植正在走向法治化、国际化,越来越多的中国公民对器官捐献移植有了深刻的理解。"中国器官移植目前已经成为世界移植数量排序第二的国家,从追求数量到质量为先的转型尚需执着前行。"温浩表示,未来还须在提升器官移植质量、规范随访体系、医院医师和协调员资质管理和职业培训上谋长远、下功夫。

"把中国器官移植做成阳光下的生命延续,依法合规地砥砺前行,自信自豪地讲好中国特色移植故事,为人类命运共同体做出中国贡献!"温浩表示,这是医务工作者、社会工作者以及公益基金会的共同责任。

PICC箴言:

让器官捐献理念在人们心里形成共识和习惯,在阳光下延续生命,砥砺前行。

医者，
妙手仁心

一生行医，一世仁心。

盲人重见光明，心脏再次跳舞。医者架起生命之桥，筑就生命之路。因为曾经立下救助病患的庄重誓言，他们"一息尚存耕耘不止"，生前用妙手帮助患者，身后以仁心点亮他人生命。他们留给世人的，是医者对患者至高无上的仁爱。

从医半世纪，身后捐赠全部器官
——记我国心脏康复领域拓荒者、广东省人民医院心内科主任孙家珍

一些病人跟随孙家珍长达半个世纪。随访、看病，他们不仅是病人，更是她的朋友。

2018年12月28日，下午四点，广东省人民医院白求恩学堂上，在《送别》的歌声中，大屏幕循环播放着一组图片。主人公是一名短发梨涡、和蔼可亲的女性长者，她是广东省人民医院心内科主任、广东省女医师协会首任会长、我国心脏康复领域的拓荒者孙家珍。

2018年11月26日，这位享年82岁的老人走了，虽然有条件，但老人没有选择更为激进、耗费巨大的治疗方式延续生命，而是在姑息治疗中平静地度过了自己最后的时光。一众亲友、生前同事、学生和她守护了50多年的患者前来为她送别。

孙家珍，原广东省心血管病研究所副所长、心内科主任医师、广东省人民医院心内科主任，生于1936年11月。她从事内科临床工作40余年，

共有 11 项科研成果，曾参加国家"七五"及"八五"心脏瓣膜研制和应用的攻关项目。她发表论文 20 余篇，合编、副主编、主编及编译多项著作。对冠心病、高血压、心衰、肺栓塞等各种疾病的诊治有丰富的临床经验，对心脏病的康复治疗也有较深研究。

1997 年，孙家珍同志被中共广东省委、省政府授予广东省白求恩式先进工作者称号，被广东省卫生厅、省中医药管理局授予省卫生系统白求恩奖章获得者称号。1998 年，她被中华全国妇女联合会授予"全国三八红旗手"荣誉称号。

生前，她推动了我国心脏康复事业的发展和进步；去世后，她将包括角膜在内的组织、器官捐献，用作医学和医学教育之用。她用一生践行了医者仁心的大爱精神，将一生和一身，毫无保留地献给了祖国的医学事业。

筚路蓝缕，她是心脏康复领域的拓荒者

孙家珍自 1963 年大学毕业后到广东省人民医院工作，行医 50 余年，在临床一线工作也有 40 余年。20 世纪 70 年代，广东省心血管病研究所学科带头人禤湘耀教授前瞻性地提出，心血管病人数量增长，迫切需要专业康复团队对病人进行更全面的疾病管理，以改善患者的生活品质。不仅如此，当时在我国，心脏康复学科几乎处于空白，心脏康复在中国的发展迫在眉睫。谁能抢占这个先机，谁就能站上潮流的"浪尖"。

1981 年，WHO（世界卫生组织）心脏康复代表团来华访问，孙家珍参与接待工作。随后，孙家珍被心研所委派到外语学院学习半年外语。1986 年，在世卫组织的资助下，医院选派孙家珍赴新加坡学习心脏康复。学成归来的孙家珍组建了广东省心血管病研究所肇庆市第二人民医院联合心脏康复中心，一举填补了广东省心脏康复领域的空白。1989 年，广东省心血管病研究所心脏康复病区正式成立，这是我国最早成立的有心脏康复

专业人员队伍的心脏康复病区之一，并在全国首创心脏外科康复治疗。

心脏康复是一门综合性学科，倡导以心血管医生为主导的多学科团队的治疗模式，是对心血管病患者全面有效的综合管理策略。康复病区成立之初，工作面临诸多困难。对医生来说，虽然康复对患者具有非常重要的价值，但是对患者进行健康教育、科普讲座、运动指导，这些都需要花费康复医生与团队大量的心血与精力，然而，收费却很低廉，经济效益低。对病人来说，康复是一个长期的过程，很多病人不能认识到其重要作用和意义，推广起来也不那么容易。

康复医学领域为逐梦者打开了一个更广阔、灿烂的星空，纵然困难重重也阻挡不了攀登者的脚步。科室建立之初，可谓"一穷二白"，没有经费，孙家珍就自己掏钱买了科室第一台单车、第一台电脑、第一台打印机……后来在医院的支持和她的努力下，科室建立起体外反搏室等，硬件设备逐步齐全。专业团队最初只有孙家珍一个医生、两个护士，她就带着这有限的人力开设了心脏康复的专科门诊，到病房为病人做术前术后的呼吸训练、教门诊病人心脏康复训练、培训家属做心肺复苏术（CPR）……随着她的努力，团队慢慢壮大，后来发展到两个医生、一个技师、四个护士，还不时有营养师团队来给病人做戒烟与营养讲座。1997年，心研所还建立了日间病房，方便病人进行心脏康复治疗……

"功能评估"是康复医学的核心，康复治疗是"始于评估，终于评估"。孙家珍带领团队围绕着这个核心，对每一个接受治疗的患者进行周全的评估，然后施以相应的康复治疗方法，并根据治疗效果反复调整、改进治疗方案。为了更好地治疗患者，孙家珍在自己并不富裕的情况下，总是自己掏钱给换瓣后的贫困冠心病患者买华法林，甚至还给患者邮药到家。

除在广东省医本部诊疗工作，孙家珍还坚持每周一次到肇庆心脏康复中心指导工作，组织举办了两期国际冠心病预防教育与康复研讨会，主编

《心脏康复与健康指导》《老年心血管健康指导》《风湿性心脏病手术治疗与康复》《急性心肌梗死康复治疗疗效观察》等一系列疾病诊治专著。

经过孙家珍和团队的不懈努力，广东省心血管病研究所心脏康复学科成为我国最早开展 AMI（急性心肌梗死）早期康复和冠心病二期康复及心外科围手术期康复工作的机构之一。30多年来，这里已经成为集门诊、病房综合治疗、心脏康复评定、康复运动训练、教育咨询、病人家属培训、科研于一体的全国知名的心脏康复中心，他们为心脏病患者的治疗注入了新的内涵和活力，不断扩大着在中国学术舞台的影响力。

五十载仁心，她是心血管病患者的守护者

病人不分阶层，孙家珍都热情接待，细心诊疗。经过长时间的观察，孙家珍发现来诊病人总要问这问那，她不仅不烦，反而养成了诊疗结束之后反问病人的习惯，"您还有什么要问的？明白了吗？"她说，这种反问是有根据的，病人来看一次病不容易，有些病人在看医生时已经拟好提问要点，解答好病人的疑问是医生的天职。

从幼时就被诊断为先天性心脏病的陈顺琼（音），就医过程中遇到了孙家珍，而后这一医一患之间延续了50多年的医患深情。从前期的药物治疗，到20世纪90年代终于能够在广州接受外科手术，孙家珍一直都是陈顺琼的健康守护者。"从看病开药，到药物调整，到红酒加花生这样的食疗方，再到最后劝我接受手术，解释治疗的利弊。"陈顺琼回忆起和孙家珍医生交往的点滴时，泪眼婆娑。"不久前她还和我说要保重好身体，是她给了我信心，她却先走了。"说到这里，陈顺琼老人号啕大哭。

70多岁的陈顺琼，至少被孙家珍从死亡的边缘拉回来两次。一次是在外科手术后，她生命垂危，是孙家珍一次次的电击除颤、心脏按压，循环了25次才救回。另一次是在2003年，她出现心脏骤停，又是孙家珍为其

安装了起搏器才转危为安。

像这样被孙家珍抢救回来的"幸运者"还有很多,这些病人跟随孙家珍长达半个世纪。随访、看病,他们已不仅是病人,更是她的朋友。在孙家珍生命最后的日子,有些患者不远万里前去探望。

有些病人为了表示对孙家珍的感激和尊敬之情,给她送红包或礼物,她一律拒收,送来了也想办法退回。有一天,一位病人到她家看病,走时悄悄地放下了一个红包和一盒米粉。为此,孙家珍辗转把红包退回给病人,而那盒米粉却无法退回,于是她就把它带回科室共享。当有人问她为何计较那么一小盒米粉时,她说:"病人的东西我怎么能要?"简简单单一句话道出了她廉洁行医的高尚医德。

巾帼楷模,她是女医师协会的好掌门人

孙家珍自 1995 年广东省女医师协会成立至 2006 年 12 月期间任会长,并当选中国女医师协会副会长。在担任会长的 11 年中,她带领并团结全省女医务工作者,认真贯彻执行党的卫生工作方针政策,积极投身医疗卫生事业,为提高人类健康水平,为建设社会主义现代化作出努力和贡献。她重视并鼓励女医务工作者加强医学专业知识学习,鼓励各专业委员会举办各类讲座和学习班,不断提高业务能力和学术水平。她还特别重视帮助基层医疗单位提高医疗水平。身为知名专家,她毫无架子,事必躬亲,经常亲自带队深入到基层医院和乡村开展义诊活动,为广大百姓诊病治病;为基层医院的医生授课、会诊疑难病例、传授专业知识和技能。

她努力促进广东省女医务工作者同国内外同行间的交流,组织了粤、港、澳女医师迎香港和澳门回归祖国等活动。为广泛吸取国外先进经验,她积极参与同日本等国同行的学术交流,关心和爱护女医务工作者,维护她们的合法权益。当女医务工作者遭到病人或家属误解甚至打骂时,她及

2008年12月，孙家珍（左四）与广东省女医师协会部分人员合影留念。

时给予问候，并通过媒体呼吁全社会尊重女医务工作者的人格和辛勤付出，使广大女医务工作者感到深深的温暖。

　　在卸任协会会长后的10余年间，孙家珍依然非常关心协会的工作，为协会的发展提出了许多宝贵的意见。协会遇到困难时，她有求必应，倾力相助。协会的各种活动和会议，只要她能抽出时间，必定参加。

　　经过20多年的发展，广东省女医师协会成长迅速，成绩斐然，协会已成立31个专业委员会，几乎涉及医学的各个领域，充分体现了女医务工作者在医学临床和科研工作中发挥的重要作用。此外，协会还获得了全国妇联授予的"巾帼文明岗"光荣称号，有12人获得中国女医师协会的"五洲女子科技奖"，两人获得"杰出贡献奖"。

师者谆谆，她是毫无保留传授经验的前辈

"她是个敬业、勤奋，印象中从来没有发过脾气的和蔼老太太。"在广东省人民医院副院长、心内科专家吴书林眼中，孙家珍就是一个对同事、家人、病患都充分表现善意的老人，"从 1996 年开始，延续至今的疑难病例大讨论，老人每次都拿着笔记本参加，将自己的经验毫无保留地传给后辈；遇到不明白的，又能放下身段向后辈请教。"

自 1995 年《岭南心血管病杂志》创刊以来，孙家珍一直担任该杂志的编委。她孜孜不倦地为杂志审稿，经她审阅后刊出的文章，读者普遍反馈有临床实用价值。本该在家颐养天年、享天伦之乐的她，在 10 年的退休岁月里，担任责任编辑，负责杂志终审，为每篇论文学术把关，指导作者修改文章，为年轻编辑传授临床知识及编辑经验。

中国南方国际心血管病学术会议风雨 20 年，孙家珍是筹办首届南方会的元老之一，每届南方会的审稿会上都有她认真审稿的身影。她甚至会无微不至地关心会场会务志愿者的工作，关心参会代表的实际困难。

蜡炬成灰，她将器官、遗体全部捐献

在孙家珍病重的日子里，广东省人民医院党委书记耿庆山前去探望时，曾建议她搬到条件更好、治疗方案更积极的东病区。对自身疾病进行判断并与家人商量后，孙家珍决定采用姑息疗法。精力尚好时，她在病床上手捧杂志认真审稿。在觉察自己时日无多之际，她婉拒了众多领导的探访，把最后的时光留给了相识多年的患者和她的后辈学生。并立下遗嘱，捐赠全身器官作医学研究。

弥留之际，这位一生致力于医学、从未对医院提出过要求的老人及其家属向医院提出：希望能有一场临床病理讨论会，专门针对自己所罹患的疾病。"2018 年 12 月 13 日，余学清院长主持了孙家珍主任临床病

理讨论会，多学科参加，这也是孙主任的遗愿，我们做到了，也借以告慰孙主任在天之灵。临床病理讨论，特别是死亡带有器官捐献的病例讨论，我们做得不多，希望成为一个好的开端，将来我们力争把它做得更好。"耿庆山表示，如果用一首诗来形容孙家珍，那便是"零落成泥碾作尘，只有香如故"。

"孙主任的眼角膜，2018年11月26日捐献给了患者，11月27日已为一位角膜白斑的55岁女患者成功实施了手术，这是生命的延续，这个日子拜托大家永远不要忘记。"耿庆山动情地说道。

2018年11月26日，孙家珍主任因病辞世，享年82岁。我们再也看不到一位短发的老人，绽放着标志性酒窝的笑脸在病房诊治巡查；再也听不到编辑部走廊传来钥匙碰撞的清脆叮当声；一篇篇稿件上密密麻麻的熟悉的笔迹再也不会增加……然而，在每一位广东省人民医院职工的心目中，在广阔辽远的医学之海上，却亮起一座爱的灯塔，点亮了前行的方向。

（记者 王道斌）

PICC箴言：

她用一生践行了医者仁心的大爱精神，将一生和一身，毫无保留地献给了祖国的医学事业。

94岁名医最后的贡献，把自己交给国家

"我若不在了，愿意把我的遗体捐献给国家。希望能用于科学研究及教学，推动学科发展。"

"我若不在了，愿意把我的遗体捐献给国家。希望能用于科学研究及教学，推动学科发展。"一位94岁高龄的老人，写下了这样一份遗嘱。

2019年2月20日，一位老人因病去世。24日，简单肃穆的追思会暨遗体捐献仪式后，他的学生亲自完成了器官和组织获取，这是这位老人对这个世界最后的科学奉献。

老人名叫伍汉文，是我国代谢内分泌科学科先驱，著名内科学、代谢内分泌学、医学遗传学专家和医学教育家，中南大学湘雅二医院教授。

他的一生，就如他的座右铭所述的那般，"一息尚存耕耘不止，振兴中华毕生为斯"。即使在病情加重前期，他仍风雨无阻地坚持每周看一次门诊。他临床长达68年，是迄今共和国在岗年龄最大的代谢内分泌科医生。

大限将至,放不下的仍是倾注终身心血的学科发展

"8年前,伍老师被查出患恶性淋巴瘤。但这并没有影响他坚持每周给病人看门诊。直到2018年,他感觉身体着实不好,就开始和我商量'后事'。"中南大学湘雅二医院病理科主任李代强说。

这个"后事"不是其他,而是伍汉文为之奋斗终生的科研。其中有一个方向,是病理学。病理学对临床诊断和治疗至关重要,伍汉文在其遗嘱及遗体捐献给国家的自愿书中写道,"我在北京协和医院的时候,注意到他们各个部门都很重视病理组织研究,包括放射科,因为组织学是基础。我所在的科室是代谢内分泌科,我希望去世后我的内分泌器官组织、骨组织能做成切片,用于科学研究以及教学,让内分泌学科的研究生、进修生和住陪生及学生,有实实在在的教材,让学科不断发展进步。"

为此,他担心有一天自己不再有意识,这一想法没法实现。于是他专程嘱托跟自己有24年师生情分的学生李代强,亲手来做此事。他期望能为这一事业的发展,再尽最后一份"薄力"。

2019年2月24日上午,伍汉文的亲属、同事、学生代表及来自全国各地的医学同道、患者共约500人,在长沙明阳山殡仪馆,向这位医学泰斗表达完最深切的缅怀和最崇高的敬意后,一辆挂有"高山仰止,大爱无疆"标语的白色车辆,载着伍汉文的遗体,回到了湘雅医学院解剖室,进行遗体解剖。

"学生给恩师亲自解剖,心中感慨万千。"这一特殊的解剖,李代强终生铭记:2019年2月24日下午2:50至5:05。时间就此凝固,这是他与老师对于医学大义最深刻的一次对话。

明察秋毫,持之以恒,成就中国内分泌学科从无到有的跨越

"明察秋毫"是他的"基本功"。新中国成立初期,伍汉文在工厂、矿

山调查和讲学中,发现粉尘中的铅锌含量远远超标。他立即展开研究,和药剂师赶制药物,先自己试用,再用于中毒工人的治疗。此后,他又研制了治疗铅中毒肠痉挛、腹绞痛的硫酸镁注射剂和防治铅中毒用口服钙剂加维生素 C 的方法,填补了我国职业病防治的空白。

1985 年,妻子到湖南宁乡治病。前去探望的伍汉文又敏感地发现了一种地方性疾病。他发现,当地居民常用高达八九十摄氏度的温泉水洗菜煮饭、泡茶烧汤。这种温泉水氟含量超标 10 多倍,导致当地千百年来存在着"温泉病魔"氟骨症。他通过对地方性氟中毒钙镁制剂预防疗效的研究,遏止了这种地方病的蔓延。

"持之以恒"是他的"基本功"之二。伍汉文是我国最早创建代谢内分泌学科和实验室的学者之一。他早期的研究,从糖尿病的钙磷代谢开始。为了解病人一天的进食量和大小便排泄中钙、磷等元素的情况,他每天都要收集病人的大小便,测定钙磷等元素含量,并且一做就是 15 年。最终,他以无可争辩的科学数据和论证,在国际上率先创立了"钙磷等无机盐和维生素代谢紊乱是导致糖尿病骨质疏松和发生多种并发症的根本性原因"的新学说,并制定了一整套行之有效的防治方法。1992 年,这一成果获得了新中国成立以来我国首个授予糖尿病研究的国家科技奖。

为啥坚持看诊?只有这样,才能"偶遇"科学

"有天下午,我在回家路上,一位同事追上我,说老师让我回医院。回去一看,他在给一位患低促性腺激素性性腺功能减退症的患者看病。他很激动地告诉我,这种病症一年难得碰上一个。"原中南大学湘雅二医院院长廖二元,如此回忆老师发现"新大陆"的兴奋。

在中国人民解放军第 306 医院副院长、全军糖尿病诊治中心主任许樟荣的记忆中,伍汉文特别"谨慎"。28 年前,许樟荣第一次随伍汉文教授出

门诊。当时，有位正服用抗甲亢药物的怀孕患者询问，是否会有药物影响，能不能留下这个孩子。出于保守，许樟荣告诉她最好不要保留。伍汉文听见了，走过来详细询问情况，告诉患者可以要孩子。他对许樟荣说："有的妇女怀孕很不容易，甚至一辈子只有一次怀孕机会，所以我们不要轻易地劝患者终止妊娠，甲亢控制好的患者是可以怀孕的。"

科学，不是谁牛谁说了算，需要实践真知。20世纪50年代末，国际医学界倾向于否定遗传学，我国遗传学实验室由此相继关闭。但伍汉文在临床上发现了不少遗传性疾病，由此发布了其治疗和研究的成果，肯定遗传学。湖南，也成了全国率先恢复遗传学实验室的省份。伍汉文，被誉为我国当代最早最权威的遗传学专家之一。

伍汉文从不认为自己是导师就能"引领"一切。湘雅二医院院长周智广回忆，"回头看老师推动过的几个领域的发展，更能体会老师的远见。他在每一个研究的关键时刻，都给予及时指点，但又在每一个新学科建立并奠定基础后，让我们去闯。"

正是这点点滴滴的科学素养，助力伍汉文及其团队，实现了我国内分泌学科从无到有的跨越。最终，推动内分泌学科成为国家重点学科。

伍汉文教授的遗体在完成解剖和缝合后进行火化。他的骨灰，一部分埋在湖南省红十字会遗爱人间纪念陵园，另一部分埋到家里一棵大杏树下，树上挂上他的牌位。在那儿，他仍将守护自己钟爱一生的科学事业。

（记者 俞慧友）

PICC箴言：

一息尚存耕耘不止，振兴中华毕生为斯。

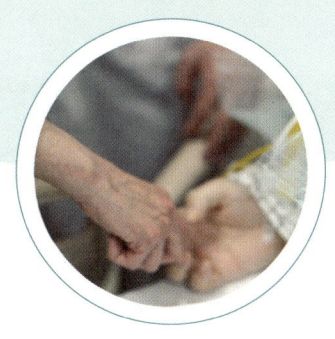

"让我再握一握他的手"

"他是那么年轻,那么善良,那么热爱生活,把他的器官捐献给别人,别人还在替他活着。孩子的器官不管在哪个角落,他还是陪着我的。"

"让我再握一握他的手。"

"孩子,你一定要帮助更多的人。"

"你一定要记得告诉我们,你很好。"

……

4月4日,清明。在北京清华长庚医院的ICU,家人和王倬榕"道别",同事和曾经的导师、同学,也来送别。年仅27岁的王倬榕,将以另一种方式,开启生命新的一页。

3月31日,北京清华长庚医院医生王倬榕在家中突发脑出血。医生的全力抢救,也没能挽回年轻的生命。想起他热爱的医生职业,想起他还未完成的治病救人的心愿,家人一致同意捐献王倬榕的器官。

(扫描二维码观看王倬榕的故事)

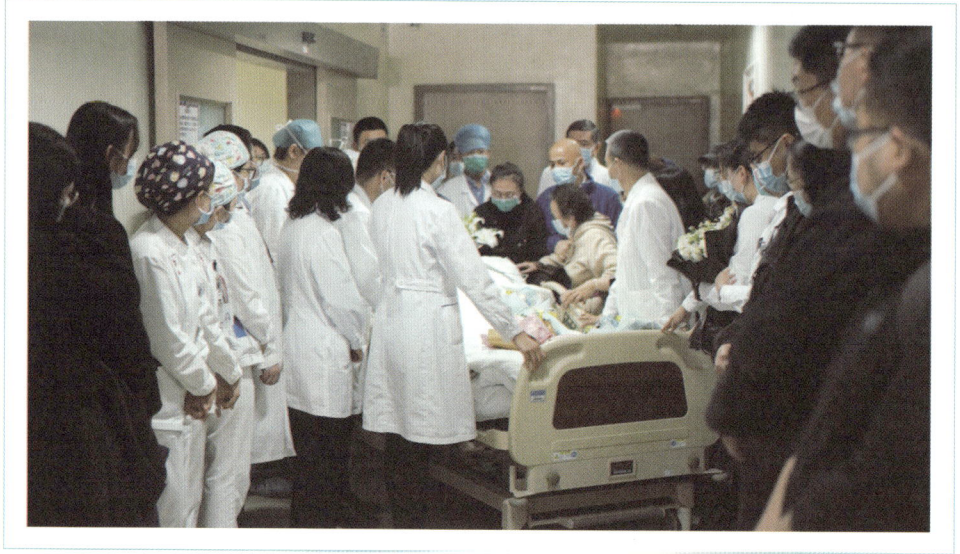

家人、同事、同学和导师送别王倬榕。

在同窗8年的同学眼中,倬榕对自己喜欢的事业非常专注。"无论是临床的学习中,还是在科研上,王倬榕都是我们班最优秀的几个学生之一。"但他还没来得及把所学在临床上转化为实际行动,没来得及在自己热爱的事业上大展身手,就要离开了……

想起聊天的时候儿子说起器官捐献"很伟大""愿意这么做",倬榕的母亲在向医院的器官捐献协调员咨询时,说出了内心的想法:捐献孩子的器官,挽救更多器官功能衰竭的患者。

"他是那么年轻,那么善良,那么热爱生活,把他的器官捐献给别人,别人还在替他活着。孩子的器官不管在哪个角落,他还是陪着我的。"倬榕的妈妈说,"和家人一个一个地打电话确认,包括还在国外的亲人,他们都同意捐献。"

"接到电话的时候都是毫不犹豫、没有争执,我们同意捐献。"倬榕的姑姑说,倬榕是他们的骄傲,家人一致同意进行器官捐献,是想让他的生命以另一种方式得到延续。"我们没有任何要求,只希望能常告诉我们,孩子还健康吗，他还平安吗。"

在红十字会工作人员的见证下，倬榕的亲属在器官捐献确认登记表等文件上签字，并按下手印。

清华长庚医院器官捐献协调员薛凯告诉记者，倬榕的病来得突然，当时送到了离家近的医院，"在后来转院的过程中，倬榕的妈妈和姑姑一直在担心能否顺利到达清华长庚医院，能否让捐献的器官维持在最好状态从而更好地帮助别人。一路上他们都在祈祷。"

"倬榕的脏器功能特别好，我们看到的肝脏质地非常柔软，移植到病人体内后，恢复血流各方面都特别棒，是一个生命力特别饱满的器官。"参与倬榕捐献肝脏移植手术的清华长庚医院器官移植中心主任卢倩告诉记者。

"作为医者，倬榕已经是竭尽全力来救助患者，在生命走到尽头的时候，在他的母亲和家庭的支持下，又捐献出他的器官，这是一种爱的延续，也是生命的延续。王倬榕为践行医者的使命献出了自己的一切。"中国工程

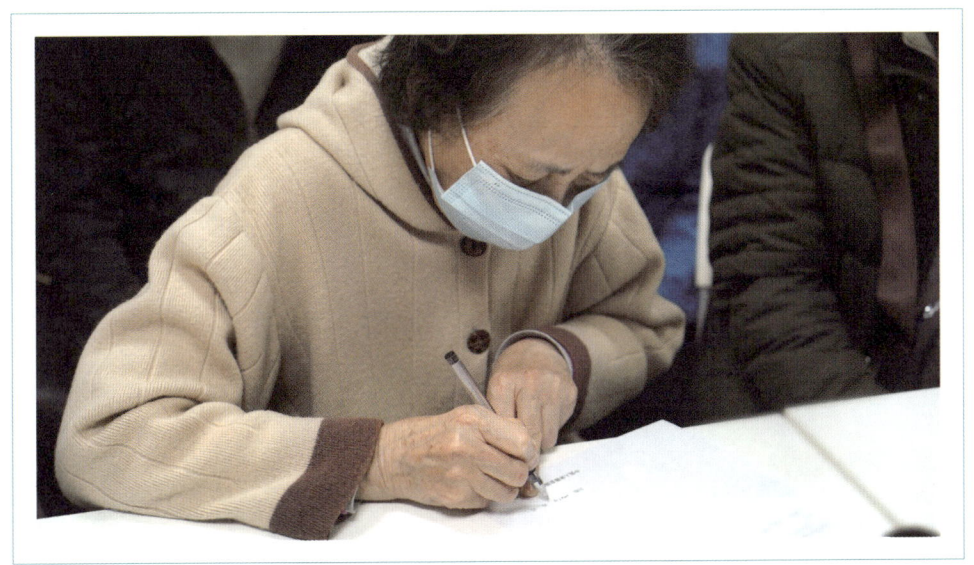

王倬榕的母亲签署器官捐献确认登记表。

院院士、清华大学附属北京清华长庚医院院长董家鸿说。

当天,倬榕捐献的一个心脏、一个肝脏、一个肺脏、两个肾脏顺利移植到 5 名器官功能衰竭的患者体内,他们因此获得"新生";倬榕的一对角膜,将至少能让两位患者重见光明。

PICC箴言:

这是一种爱的延续,也是生命的延续。他为践行医者的使命献出了自己的一切。

邱必成:"你们不要很仓促地把我给浪费了"

生前,他在医学岗位上治病救人;离世,他将自己捐献出来,
生命的最后一份礼物献给医学事业……

一位始终在救死扶伤的医生,发现自己罹患了癌症,第一次化疗的时候,他对妻子说:"你们不要很仓促地把我给浪费了。"他为什么会说出这样的话?

邱必成是福建南平市第一医院的一名骨科医生。2019年7月,他肋间剧痛,经诊断为直肠癌晚期多发肝脏转移。由于耽误了最佳的检查和治疗时间,癌细胞早已在他体内扩散。得知结果后,他给同事朋友们发去信息:"兄弟,你将来要好好干,我怕是不行了。"尽管说着"不行了",邱必成却没有离开自己的岗位。自2019年8月7日开始化疗后,他不顾身体不适,仍坚持为病人看诊。数据显示,在生命的最后一百多天里,邱必成共为201名患者坐诊,进行了18台手术,直到生命的尽头。

在妻子林娟劝阻他时,邱必成说:"我知道我应该休息,但是我的时间已经不多了,你一定要让我做我心中热爱的事业。"

第一次化疗的时候，邱必成就跟妻子商量，"我们要做好打算，不要等到哪一天，我来不及做这件事情的时候，你们很仓促地把我给浪费了。"

邱必成所说的"这件事情"，指的是逝世后捐献遗体。2019年12月3日，邱必成在南平市红十字会工作人员的见证下，签下自愿捐献遗体书。12月8日，邱必成离世，根据其遗愿捐出眼角膜，并将遗体捐赠给福建医科大学做教学研究。

邱必成医生的事迹被报道后。网友们深受感动，"别仓促地把我给浪费了"，这句质朴的话催人泪下。

PICC箴言：

这一刻，从生到死，再由死而生。这一刻，他的生命凝成了永恒。

吴思，无私！
她以这样的方式"重回"母校

阔别校园两年多，吴思以别样的方式重回她所热爱的母校。这一次，她的身份从学生变成了"大体老师"。

中南姑娘——吴思，阔别母校两年多后，2019年7月6日，以别样的方式重回她所热爱的湘雅。她的故事引起全社会广泛关注，大家都为"无私的吴思"点赞祝福，为她的大爱深深感动。

2019年7月5日下午2点48分，在陕西汉中市人民医院，吴思离开了这个她深爱的美丽世界。6月29日，已经说不出话来的吴思，用手机短信给妈妈吴菊蓉发去一条遗嘱，其中第一条就是遗体处理："遗体雇用长途殡仪车，送长沙捐赠湘雅医学院。"为了完成她的遗愿，家人第一时间与湘雅医学院取得联系。事实上，按照捐献就近原则，她本可以留在家乡。但经过沟通，母校最终还是派老师和工作人员驱车赶往汉中将她接回校园。历经30个小时、往返2100公里，2019年7月6日晚上10点08分，吴思"重回"校园。

阔别校园两年多,这一次,吴思的身份从学生变成"大体老师"——用自己的身体,帮助学弟学妹们掌握和丰富人体基本知识,让大家去感受救死扶伤的深刻内涵。2019年7月9日,吴思"躺"着的房间,来了很多湘雅医学院的师生,大家排着队、红着眼,为"大体老师"吴思鞠躬默哀。就在这一天,吴思捐献的眼角膜被成功移植到两位眼疾患者身上。

"吴思对于'大体老师'是很熟悉的。"同班同学舒杰还记得,大二第一节医学解剖课上,老师给吴思和同学们介绍目前可用于医学解剖的遗体来源非常匮乏时,吴思就已经动了捐献遗体的念头。"她当时很认真地跟我们讨论,说自己死后要把遗体捐献给医学事业。"舒杰认为,吴思以"大体老师"的身份永远留在了母校,为医学教育献身,也是将她的医学梦得以延续的最好方式。

中南大学湘雅医学院医学形态实验中心主任潘爱华还透露,吴思不仅将担任"大体老师",她的骨骼还将被永久保存在国家科普基地中南大学人体形态科技馆,以弘扬这名湘雅学子大爱无私的精神。也就是说,吴思将永远留在她所眷恋的母校。

2018年9月,吴思不幸被确诊为子宫未分化肉瘤,这是子宫癌中最严重的一种。身为医学生,她当然清楚自己的病情,但她特别坚强、乐观,总是积极面对。整个生病治疗期间,即便再痛苦难受,她都会用自己最喜欢的明星图片做表情包,配上轻松调侃的文字,告诉所有家人、老师、同学自己的近况。

在吴思的朋友圈里,充满了欢乐,未曾有一滴眼泪和一丝悲伤。她甚至在化疗完头发掉光之时,以光头形象示人,自称"吴大师";还会戴上极具个性的假发,化上美美的妆容,"欢天喜地"地让大家评价她的"新造型";2019年6月29日,她在自己最后一条朋友圈里,写了这样一句评论:

"没几天了，提前告个别，别问了。"

"亲爱的宝贝，今天是你离开妈妈的第十四天，你的事迹感动影响了无数人，你是妈妈的骄傲！"在吴思妈妈吴菊蓉的朋友圈里，这个坚强的母亲分享了所有媒体关于女儿的报道，"女儿不仅是自己的天使，更是我心中的英雄！"在遗体捐献这件事上，医学专业的吴思尽管早有打算，但她还是担心家人亲友会不理解。在生命的最后时刻，吴思录下了两段话，一段感谢妈妈在生病期间对自己的照顾，不要对自己捐献遗体这件事情有太大压力；另一段告诉亲友家人，所有的治疗方案、遗体捐献都是自己的决定，希望大家能尊重自己的决定，千万不要责怪妈妈。回忆起这一幕，吴菊蓉再次泪崩："女儿一直到最后，都是在为我们活着的人着想。"也正因为如此，吴菊蓉十分动容，也表示要捐献遗体。让她更感欣慰的是，身边一些朋友看了关于女儿吴思的报道也深受感动，纷纷在她的朋友圈里留言，表示也要成为遗体捐献志愿者。

花开半夏，永逝已至，她并不悲伤。世界以痛吻她，而她报之以歌。吴思，无私！她向死而生，遗体是馈赠的最后礼物。她的眼睛仍在看世界，两个受捐孩子重见光明；她的身体永远留在母校，与学弟学妹和鸣弦诵百年湘雅。

PICC 箴言：

世界以痛吻她，而她报之以歌。

中国人保健康浙江分公司保险理赔器官移植相关案例

治病花费数十万 被保险人庆幸自己有保险

张某为浙江福林国润汽车零部件有限公司员工，该公司是吉利集团下的子公司，吉利集团为其员工均购置有商业保险。

2019 年 2 月份，中国人民健康保险股份有限公司（以下简称"中国人保健康"）接到了被保险人张某家属报案，被保险人张某于 2019 年 1 月份进行了骨髓移植手术。此前张某确诊为再生障碍性贫血，已多次治疗并报销，但由于未达重疾标准一直未赔付重疾保险金。

由于浙江福林国润汽车零部件有限公司是中国人保健康浙江分公司的重点商团服务对象，中国人保健康为其成立了专项服务团队。中国人保健康收到理赔申请后，派专人前往浙江省中医院调取被保险人就诊资料，了解到被保险人张某曾于 2018 年 12 月 21 日入院，2019 年 1 月 24 日出院，诊断为骨髓移植状态，手术记录显示：2019 年 1 月 2 日行异体造血干细胞移植术，2019 年 1 月 3 日行异基因骨髓干细胞移植术，并有相关同意书和输血科配血报告单，被保险人行骨髓移植事实明确。

最终，中国人保健康合计赔付 22.58 万元，其中，重疾保险金赔付 10 万元，医疗费用及住院津贴共 12.58 万元。

面对治病花去的大额费用，客户表示十分庆幸自己有保险保障，二十余万保险金缓解了家庭的经济压力，同时对保险公司的理赔效率表示满意。

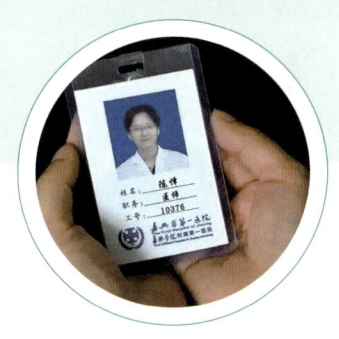

这样的你，生如夏花！泪别嘉兴女医生陈怿，她留下令人尊敬的生命"共享"

倒在工作了十八年的医者岗位上，她用另一种方式，继续践行着救死扶伤的医者使命。

6岁的时候，她抱着小被子跟爸爸住在医院值班室，她说："我长大了也要做个医生，跟爸爸一样。"

高考的时候，五个志愿全部填了医学方向，她说："我就是要做一名医生。"

42岁，她倒在工作了十八年的岗位上，生命走到了尽头，家人忍痛捐出了女儿的器官。她用另一种方式，继续践行着救死扶伤的医者使命。

2019年6月4日8点58分，嘉兴市第一医院皮肤科医生陈怿在上班期间突然晕倒在地，心跳呼吸骤停。头颅CT诊断：蛛网

（扫描二维码观看陈怿的故事）

膜下腔出血，血管瘤可能，当天下午神志转清。

6月13日凌晨，陈怿再次突发昏迷，考虑再次脑出血，于早晨6点转往上海长海医院紧急救治，急诊行"动脉瘤栓塞＋引流术"。然而，抢救并不成功，陈怿术后深昏迷。6月14日下午，陈怿从上海长海医院转回嘉兴市第一医院ICU，初步判断脑死亡。

沉痛之余，陈怿的父亲陈骅庠和母亲曹佩华做出了一个惊人的决定：把女儿可用的器官全都捐献出来！"她是医生，我也是医生，我们都知道，脑死亡是捐献器官的最好供体，只是没想到会被自己碰上……把她有用的器官捐献出来，多救几个病人，她肯定是愿意的，她肯定是愿意的。"最后一句话，陈骅庠轻声但有力地重复了两遍。

2019年6月14日、15日，浙江省红十字会组织浙江大学医学院附属第一医院的专家和器官捐献协调员两次奔赴嘉兴市第一医院评估和确认，最终认定患者已符合脑死亡临床诊断标准，适合器官捐献。在浙江省、嘉兴市红十字会工作人员的见证下，陈怿丈夫亲笔签下了器官捐献确认书。

经过两个多小时的手术后，专家成功获取了陈怿的角膜、肝脏、肾脏，这些珍贵的器官被小心存放在组织保存液中，火速送往受体所在地，为至少三位受者点燃生的希望。

看着女儿的器官离开，陈怿父母泣不成声，陈骅庠拥抱老伴轻声说："没关系，这是女儿的生命以另外一种形式留存在世上，只要她的某个器官还在发生作用，就感觉她还活着一样。"

感谢你，曾对希波克拉底宣誓：自觉维护医学的尊严和神圣，敬佑生命；感谢你，一袭白衣，无数日夜坚守在诊治患者的临床第一线；感谢你，用毫无保留的无私奉献，让数位患者得以"重生"；感谢你，留给世人的，是医者对患者至高无上的仁爱。感谢你，陈怿医生！请一路走好！

（记者 施兰）

PICC箴言：

敬佑生命，毫无保留的无私奉献，无愧于曾对希波克拉底宣誓。

中国人保健康广东分公司保险理赔器官移植相关案例

20万重疾理赔款20天到账

被保险人代某，2020年6月5日至2020年7月3日因"进行性肌酐升高"到国药东风总医院住院治疗，2020年6月5日急诊在全麻下行同种异体肾移植术。2020年7月16日至2020年7月18日再次到国药东风总医院住院治疗，于2020年7月17日在膀胱镜下移植肾输尿管支架管取出术。

代某两次住院费用总额为140922.31元。被保险人单位为其在中国人民健康保险股份有限公司（以下简称"中国人保健康"）投保了《关爱专家短期重疾（推广版）团体疾病保险》，保险期间为2019年9月8日至2020年9月7日，保额20万元。

被保险人于2020年7月23日向中国人保健康提交理赔申请，经中国人保健康审核，被保险人符合条款中"重大器官移植术或造血干细胞移植术"的要求。2020年8月13日下午，正在家中休养的代某收到中国人保健康20万元的重疾理赔款，大大地减轻了被保险人的经济负担。

援藏医生赵炬：燃烧自己 照亮他人

生前救死扶伤，死后造福他人。

41岁的赵炬是安徽省滁州市中西医结合医院口腔科主治医师。同事是这样评价他的："平日里一心扑在工作上，认真对待每位患者。"为了让患者能及时得到诊疗，他经常在节假日加班加点。口腔科的治疗有时需要患者多次前来，赵炬经常放弃休息时间为他们诊疗。因业务出色，科室让他带实习生、进修生及年轻医师。每次代教，他都不厌其烦地讲解操作要领、手把手示教，帮助年轻医生尽快进入角色。

2016年6月份，他听说安徽第二批援藏医疗队组建的消息，第一时间报了名。经层层筛选，赵炬如愿以偿，于2016年7月10日和其他31名医疗队员一起前往西藏山南地区。

2016年7月15日早晨，赵炬突感头晕头痛，随即倒地昏迷不醒。医生检查后发现，赵炬颅内的夹层动脉瘤破裂，病情十分危重。援藏医疗队和安徽省结对共建的西藏自治区山南市人民医院急请驻藏的北京协和医院专家会诊，并于当晚7时将赵炬转往西藏自治区人民医院进行紧急手术。

在原国家卫计委统一协调下,来自全国各地的神经外科血管病专家赶赴拉萨会诊,但赵炬一直处于深度昏迷状态。

赵炬的病情牵动着家乡医护工作者的心。病情略显平稳后,根据家属意愿,赵炬由西藏自治区人民医院转至安徽省立医院进一步治疗。安徽省立医院南区ICU医务人员根据临床救护专家组会诊意见,制定了缜密的治疗计划并科学、高效地予以施行。遗憾的是,因病情危重,经多次评估,赵炬已经脑死亡。

在焦灼中等待了两个多月后,父亲、母亲、妻子、哥哥作出决定:捐献赵炬的器官。时任原国家卫生计生委医政医管局副局长郭燕红、中国人体器官捐献管理中心副主任侯峰忠、安徽省红十字会秘书长曹芦松和赵炬家人、同事一起走到赵炬床前,向他做最后的道别。

父亲说,赵炬是家里的骄傲。20世纪80年代,夫妻俩靠种水稻拉扯两个儿子。赵炬上中学时,长辈生重病,家里生活愈加拮据,为了让赵炬继续完成学业,哥哥选择了辍学打工。最终,赵炬没有让哥哥失望,考取了安徽医科大学,顺利完成学业并成为一名口腔科医生。"我儿子是医生,他生前救死扶伤,死后也将造福他人。"父亲说,他欣慰儿子以这种方式活下去。赵炬的名字将被永远镌刻在安徽省遗体器官捐献纪念碑上,他的精神将如同他的名字一样,不断激励着后来者前行的脚步。

PICC箴言:

把生命长留高原,把器官捐献他人。

中国人保健康河北分公司保险理赔器官移植相关案例

不幸接受肾移植手术 30万元理赔款如雪中送炭

被保险人范某，51岁，曾在中国人民健康保险股份有限公司投保关爱专家短期重疾（推荐版）团体疾病保险，生效日期为2015年8月27日。

2015年底，范某在河北省邢台市清河县中心医院体检，体检报告结果显示肾衰竭。后前往北京友谊医院和中国人民解放军第309医院进行复查和治疗，诊断结果均为慢性肾功能衰竭、尿毒症、糖尿病肾病。

2016年2月12日，范某前往石家庄中心医院，医生建议转院到天津市第一中心医院进行肾源匹配，由家属商议决定先回清河做透析等待肾源匹配结果。

2016年5月28日晚，范某在武汉华中科技大学同济医学院附属同济医院进行肾移植手术治疗。2016年6月20日，范某结束治疗出院，共计住院23天。

本次手术花费总金额392348.44元，新农合住院补偿金额43795.18元；商业保险给付重大疾病保险金300000元，被保险人自费48553.26元。

通过此次案件，客户深刻地体会到保险的重要意义。30万元的理赔款犹如雪中送炭，给被保险人及其家属带去了一份生活保障。

生死间的"摆渡人"

在完成每一次"生命接力"的背后，都有一群默默无闻、奔走在生死之间的"摆渡人"——人体器官捐献协调员。面对万分悲痛的家属，人体器官捐献协调员却必须要开口跟他们讨论死亡、提出捐献。"生与死之间，摆渡别样人生"是器官捐献协调员工作意义的真实诠释，随时随地架起生命之桥，触摸生命温度。

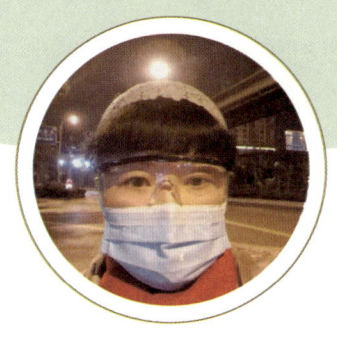

这个"逆行者"没有"请战书"

新型冠状病毒肺炎防控战全面打响后,涌现出许多冒着生命危险、舍小家为大家、奋战在基层防控疫情一线上的"逆行者"。

自从成为一名人体器官捐献协调员,米智慧就没有好好过过一个春节。2012年的除夕夜,10岁女孩王鑫悦捐献了肝脏、肾脏、角膜和遗体,延续了3个人的生命;2014年正月初五,16岁黔江小伙儿捐献的一个肝脏、两个肾脏被成功移植给了三个重症患者,眼角膜使两名盲人重见光明;2015年大年三十,铜梁63岁的五保户刘大爷在当地医院完成捐献手术,他的肾脏使两人重获新生,他捐献的遗体被用作医学研究……这些捐献案例都是由重庆市人体器官捐献协调员米智慧到现场协调见证的。

2020年的春节比以往每一年都更特殊,因为新型冠状病毒引发的肺炎疫情在全国蔓延。1月24日除夕夜,重庆医科大学附属第二医院有一位捐献志愿者身体情况堪忧,需要协调员迅速到现场协调并协助办理捐献手续事宜。同一天,重庆市政府发布消息,根据《重庆市突发公共卫生事件专项应急预案》,重庆市决定启动重大突发公共卫生事件一级响应,要求市民

尽量减少外出，可米智慧没有停下脚步，依旧踏出了家门。她说："政府号召减少出门是为了保护人们的生命健康，我出门也是。等待移植的患者们的生命以分秒计，我没有任何理由不到场。何况我是护理人员出身，如今虽然不能上抗疫一线，但还能在自己所在的领域为社会出一份力。"

从重医附二院回来的米智慧一刻也没停，安抚家属、整理资料，事事亲力亲为。大年初三凌晨两点半，米智慧接到通知，除夕夜签署人体器官捐献志愿书的28岁小伙子生命垂危，需要尽快实施捐献手术。没有半点迟疑，半个小时后，米智慧已经踏上了前往手术室的道路。深冬的夜寒风袭人，米智慧给自己戴上口罩、护目镜，全副武装，因为她深知当下仍旧是疫情防控的非常时期。凌晨三点，她在朋友圈发了一条信息给自己打气，没想到收获了许多朋友、同事的关心。大家都被她"逆流而上"的勇气所感动，希望她保护好自己，称赞她是好样的。在米智慧的见证下，捐献者共捐献了一个肝脏、两个肾脏和一对眼角膜，至少能为5人带来重生的希望，捐献的遗体也将用作医学研究。

新冠肺炎防控战全面打响后，涌现出许多冒着生命危险、舍小家为大家、奋战在基层疫情防控一线上的"逆行者"。更有许许多多像米智慧一样，义无反顾地坚守各自岗位的"螺丝钉"，默默奉献着，坚守着。致敬所有的"逆行者"！

PICC箴言：

逆流而上，纵然前方布满荆棘。

生与死之间，摆渡别样人生

责任与使命铸就她作为"协调员"的朴实无华，能够被需要、被理解、被认同、被支持，付出就是值得和有意义的。

张晓曼，中共党员，医学学士、心理学硕士，2016年8月从临床转型为一名专职人体器官捐献的协调员。她深知，人体器官捐献协调员的工作连接的是死亡与生命的桥梁，触摸的是生命的温度，承载的是生命的嘱托与人道的使命。当医生竭尽全力将救治进行到底，天使拉下生命帷幕之时，正是协调员重启生命乐章之际。

学而广博，科学考量铸就尽善尽美的成功

如果给协调员的性格下一个定义，张晓曼定义为"水"。她弘扬"以柔克刚""海纳百川"之恢宏禀性，流淌"大道似水""上善若水"之高尚风格。实际工作中她体会到：人体器官捐献协调员作为器官捐献各环节工作开展与推进的重要一员，是对潜在捐献者家属进行医疗支持、危机干预及困难帮扶的直接工作者，且必须要面对并经历诸多领域与环节的突发及不断递

增的危机情境事件。因此，协调员承担着启蒙者、知识传递者、服务提供者的多重角色，而不是单纯地辨析家属的需要、处理家属的问题或给予支持。协调员贯穿捐献工作的每一环节，对最终的成功捐献起到至关重要的作用，要始终保持不评判的态度，并和家属保持情感帮扶关系。

为了改善目前协调员工作发挥受限的现状，她不断实践，摸索出"沟通－缓冲－深化"的工作模式，在达到一对一知识宣教、告知权利与选择的同时，又给潜在捐献者家属留有一定的思考空间，充分尊重家属意愿。

今生随逝，来世绚丽启于非凡意义的妆容

张晓曼清楚地记得每一个协调过的案例和每一位捐献者的名字，竭尽全力为每位捐献者完成善后及缅怀工作，认真完成逝者的遗愿与家属的心愿。自从成为人体器官捐献协调员后，每年的清明节，张晓曼都会以特殊的方式缅怀经自己见证的捐献者，送去思念。

在张晓曼的办公室里，有一个特殊的化妆包，里面放满了各式各样的化妆品，每次器官获取手术时她都会把化妆包带到手术间，在获取后亲自为逝者化一个合适的妆容。曾经，有一位24岁的女孩进行了捐献手术，当张晓曼知道女孩生前喜欢玫红色的口红，而当时化妆包里的口红颜色与之不相符时，她就用自己包里的玫红色口红和其他化妆品为女孩化了一个漂亮的淡妆，并在清洗头发后为其梳了一个女孩平日最喜欢的发型……

心愿寄托，精彩人生渗透默默关注的微信

每位认同、理解捐献工作的家属，无论是否完成捐献，都是值得尊敬的。当面对潜在捐献者家属绝望、无助、祈求的眼神时，作为协调员的张晓曼都能够设身处地地用心化解他们的疑虑，并与他们并肩面对接下来所发生的一切，捐献者家属最终的认同与接受、拥抱与相握、问候与托付，

无时无刻不在触动和激励着她努力为之付出。触动、担当、责任、事业是她对协调员平凡工作的诠释，也是她现实工作的真实写照。

在张晓曼的微信朋友圈里有这样一群特殊的朋友——捐献者及所有接触过的病患亲属。每天，她和所有人一样也会刷朋友圈。唯一不同的是，她所关注的重点是这些"特殊朋友"的分享，感受他们的心情、体会他们的喜悦、关注他们的近况，并时常与他们聊天互动，按需提供必要的持续帮扶……双方相互认同、理解与信任，心与心之间的交融，铸就了生命的延续与新的意义。

童心未泯，为奔波劳碌的妈妈

责任与使命铸就了张晓曼作为协调员的朴实无华，能够被需要、被理解、被认同、被支持，在她看来，自己的付出就是值得和有意义的。

器官捐献工作是没有时间概念的。作为协调员，一天24小时、一年365天随时处在工作状态，与时间赛跑、与生命同行，和家属分次接触谈话十几个小时，对张晓曼而言已经是家常便饭。从第一例捐献案例开始，潜在捐献者的病情就是命令，她的个人生活会随着工作的启动自动调为"静音"模式，每个假期几乎都会有一段时间在医院或殡仪馆度过。为了等待捐献最佳的谈话时机或器官分配获取的时间，她通常都会工作到深夜。

如果说内心是否也有酸楚，那就是张晓曼对自己刚满7岁儿子的一丝愧疚。由于工作的特殊性和时间的紧迫性，节假日经常会临时加班，为了及时开展工作，时间紧迫时，她无法第一时间把儿子交给家人，只能先把儿子暂时锁在办公室里。她已经算不清有多少次没有履行和儿子的约定，更算不清有多少个深夜儿子是在等待妈妈归来中入睡。即便如此，儿子从没有责怪过妈妈，每次都是很关切地询问患者的情况，他知道妈妈做的是一份艰苦而又帅气的医学工作。天真的他这样诉说自己的职业理想："我长

大要当一名脑外科主任,给大脑有病的人做手术,他们的病好了,妈妈就不用总是辛苦地加班了!"

"生与死之间,摆渡别样人生"是对器官捐献协调员工作意义的真实诠释,随时随地架起生命之桥,触摸生命温度,是每一位"张晓曼"工作日常的真实写照。

PICC 箴言:

天使拉下生命帷幕之时,正是协调员重启生命乐章之际。

28岁的她，面对了75次生离死别

我见过许多面对死亡的方式，不论是哪一种，它都告诉我同一件事：生命的遗憾，需要用爱去填补。回首时没有遗憾，才能够告别悲痛，重新出发。

他们不是"死神"，也不是逝者身边的"秃鹫"。他们是患者"重生"的霞光，是"生命的摆渡人"。他们遭受过白眼，面对过误解，也曾有过煎熬痛苦，但依旧选择奔波在器官捐献协调的路上，用爱弥补生命的遗憾。在别离与重生间无暇停歇、接力赛跑；在病魔和生死中感悟生命、渡人渡己，他们是器官捐献协调员。

孟凤雨，一名"90后"的人体器官捐献协调员。从业多年，无数次面对悲痛欲绝的家属，即使早已习惯，她还是会手足无措，不知如何开口。当她出现在医院的时候，总担心别人会觉得"死神来了"。可正是这样的她，给很多人送去了生的光亮。

死亡不是生命的终点，遗忘才是。她用一种别样的方式，"留住"了叶沙，"留住"了涵涵，"留住"了75位器官捐献者。

人体器官捐献协调员，面对的都是万分悲痛的家属，在这个时候，孟风雨却必须要开口跟他们讨论死亡、提出捐献。她不知道哪一分钟就要马上出发，去触摸死亡。身为"生命的摆渡人"，不仅摆渡着患者的希望，也摆渡着家属的念想。

2017年4月27日，孟风雨买了一顶棒球帽，送给一个男孩，他叫叶沙。离开这个世界的时候，他才16岁。因为脑血管意外导致脑死亡，他的父母决定捐献出他全部有用的器官。

作为全程参与的协调员，让孟风雨印象最深的，是叶沙背后的故事。那天，孟风雨和同事陪着叶爸叶妈，护送叶沙转运到手术室。途中，叶爸叶妈一直紧紧地抓着儿子的床沿。到了手术室门口，依旧久久不愿意放手。因为他们知道这一放手，就是和孩子的永别。但是时间宝贵，孟风雨只能残忍地告诉他们："再不放手，就来不及了。"叶爸叶妈这才慢慢地、艰难地放开了手。

手术完成得很快，叶沙的器官被陆续地从手术室转运出来。孟风雨现在依旧清楚地记得，每一次叶爸叶妈都是跟跄几步上前，死死地盯住那个器官专用保存箱，想抚摸，却又不忍，只能目送着医务人员离开。

手术完成后，他们给叶沙擦洗了身子，穿上了帅帅的西装，系好了领带。孟风雨在心里对他说，"叶沙，你被剃了个小光头，可能心里有点小生气吧？姐姐帮你戴上一顶棒球帽，到了天堂，你依旧是最帅的。"

因为"双盲原则"，供受双方是无法见面的。于是，孟风雨来到了受捐者的病房，想把他们的感谢录下来。他们拟了一遍又一遍的录音草稿，每读一遍，便会问病友和孟风雨："这样可以吗？孩子的爸爸妈妈听了会不会难受？"一个多小时后，录音终于完成了。"孩子的爸爸妈妈，你们好，你们孩子的部分捐体在我身体里安家了。它现在很好，很棒。我会带着它好好感受世界，谢谢你们的孩子，谢谢你们！"在追悼会上，孟风雨将这段录音放给叶爸叶妈听，让他们知道，"叶沙们"很好。

每一例器官捐献背后，都有一个感人的故事。在这些故事里，孟风雨一次次体会了什么是活着，什么是死亡。

2018年8月，涵涵病情危急，靠呼吸机和大量的药物维持生命体征，随时可能心搏骤停。孟风雨到达ICU时，涵涵正在做心肺复苏，涵涵的爸爸妈妈瘫软在地上，捂着脸痛哭着。孟风雨和同事向涵涵爸妈表明了来意。在向他们讲解器官捐献的流程和政策法规时，涵涵妈妈一直在催促："快一点，来不及了，我们快签字。"

涵涵妈妈的理解和支持，让孟风雨感到十分地惊讶。"大多数时候，我们接触的家属对于捐献都有着天然的抗拒。"孟风雨说。后来才知道，涵涵邻居家的小哥哥就是一名尿毒症患者，等待移植很多年。涵涵妈妈希望，涵涵的捐献能够让其他的孩子不要等得那么艰难，她也希望才一岁的涵涵能够以另外一种方式好好感受这个人世间。

自从当上器官捐献协调员之后，签字、陪伴手术、参加追悼会……每一个环节都饱含了泪水，整个过程都充满着悲伤。直到今天，孟风雨依旧不知道怎么去安慰捐献者的家属。每一次面对他们的悲伤，她都会手足无措，只能沉默地站在他们的身边，拍拍他们的肩，尽可能去给予他们一丝温暖。

"我见过许多面对死亡的方式，不论是哪一种，它都告诉我同一件事：生命的遗憾，需要用爱去填补。回首时没有遗憾，才能够告别悲痛重新出发。"孟风雨说。

PICC箴言：

"生命的摆渡人"，不仅摆渡着患者的希望，也摆渡着家属的念想。

见证生命的选择

经历疲倦与误解,见证生死与奉献,作生命礼物的搬运工,为了更多人的生命和健康,我不后悔自己的职业选择。

我是江西省红十字会的人体器官捐献协调员单若毅,从事遗体捐献、器官捐献工作已经十多年了。在这四千多个日夜里,我见证了两百多次生离死别,也就是两百多次在黑夜里、节假日甚至大雪的夜晚,奔波在见证生命传递的路上。我曾经因为家属对捐献工作的误解进过派出所,更在前往见证捐献的路上发生过三次大小车祸。我的工作是陪伴失去亲人的家属,目睹他们失去亲人的绝望,感受他们在忍受失去亲人的悲痛中,最终还是选择捐献亲人遗体和器官的挣扎。有时我甚至觉得自己感受了太多悲伤,无法坚持下去,我不止一次地问自己,为什么还在坚持?

曾经有一个捐献者,他有两个可爱的儿子,一个五岁,一个八岁,两个年幼的孩子当时还什么都不懂,只是一个劲地抱着我的腿喊着:"叔叔,救救我们的爸爸!"那是我第一次想要放弃。因为我根本救不了他们的爸爸,反而要近乎残忍地来找亲属签署器官捐献同意书。捐献完成后,捐献者的爱人哭着对我说，她选择捐献丈夫的遗体和器官，只是为了两个孩子长大以后不会因为自己从小就没有爸爸而自卑，爸爸捐献了身体，是英雄，和那些烈士一样，是为国捐躯的英雄！那一刻我明白了，这就是器官捐献的意义。

很多人都说捐献者和他们的家属伟大、高尚，可是我觉得这些字眼对他们来说还不够——不够鲜活，不够接地气。其实他们普普通通，有血有肉，他们有温情、有遗憾、有不舍，更有坚忍。曾经有位吉安的母亲，捐献了因脑瘤过世的女儿的器官，对他们家的这一决定，村里人风言风语，都说她把孩子的器官卖了，卖了近百万，全家承受着巨大的心理压力和社会压力。我问她，后不后悔当初的决定？她说："不后悔，因为我相信好人会有好报。"我又问她，什么是好报？她说："我女儿出殡那天天气很好，天晴了。"那一天，我遇见了宽容。

我的爱人是一名护士，搞辅助生殖的，也就是试管婴儿。有趣的是，我见证死亡，她见证新生。她有一位特殊的病人，女儿因脑瘤去世，夫妇二人又无法自然怀孕。这位特殊的病人就是我曾经参与协调的捐献者家属——那位捐献者的母亲，那位相信好人有好报的母亲。我爱人说，他们科室都很照顾这位失独的母亲，努力帮助她再怀上一个孩子。或许是天堂里的女儿天使般的祝福，这位母亲最终生下了一个可爱的男孩。那一次我相信了，好人真的有好报。

我是一名普通的红十字会工作者，一名普通的人体器官捐献协调员。在全国有许许多多像我一样的协调员，不管风吹雨打，也不管白天黑夜，我们永远都在路上。经历疲倦与误解，见证生死与奉献，我们是生命礼物的搬运工，为了更多人的生命和健康，我不后悔自己的职业选择。

PICC 箴言：

不管风吹雨打和白天黑夜，我们永远都在路上。

做天使的守护者

1%，是我当初给自己定的目标，希望在我谈过的 100 个患者家庭中能有 1 个家庭同意捐献。

我叫曹燕芳，曾经是一名重症监护室的护士，2010 年转岗成为浙江省首位器官捐献协调员。很多人问我，为什么会选择做一名器官捐献协调员？我曾亲眼见过太多因罹患各种疾病而离开这个世界的人。我记得，有一位患者是因为肝硬化没能等到肝移植离开的，那一天，他的妻子和读大学的儿子默默地为他穿着衣服，甚至没有大声哭泣。我听到他的妻子对他说："你把我从新疆带到了杭州，说会好好照顾我的，可是你现在却走了。"这个场景、这一句话，一直在我的脑海里无法抹去。我想如果有可能，她的家庭是可以完整的。

2010 年，全国启动器官捐献试点工作，我对协调员的工作内容和工作性质一无所知，仅凭一腔热情，报名成为一名协调员。工作开始的大半年时间里，遇到最多的是拒绝、拒绝再拒绝。有位男性患者，40 多岁，从工地高处坠落，脑死亡，他小舅子问医生角膜捐献该怎么办。接到消息后，我想他们在考虑角膜捐献，是否也会考虑器官捐献呢？我连夜坐车赶到医院，穿过监护室长长的走廊，来到家属休息室，忐忑地推开那扇门，里面有二十几位家属。我来到他妻子的身边，告诉她我是红十字会的志愿者，希望可以和她单独谈谈。她显然知道我为何而来，她说："不用了，我们不会同意，我妈妈也不会同意的。因为如果捐献了，他就看不到回家的路了。"

1%，是我当初给自己定的目标，希望在我谈过的 100 个患者家庭中能有 1 个家庭同意捐献。显然当时的我根本没有预计到这个数字对于我的挑战有多大。当我一次次面对拒绝、不信任、不理解，甚至是语言上的威胁，我发现最难的不是身体的疲劳，而是心理上如何在一次次被拒绝后坚定前行。协调员和护士的工作性质完全不同，我们面对的是失去亲人的家属，目睹他们失去亲人的绝望，感受他们在选择器官捐献时的挣扎。

2015 年的 9 月，有一位姓沈的男性患者，因车祸造成重型颅脑外伤无法挽救。我和医生一起跟他的父亲沟通，医生告诉他，你的儿子已经救不回来了，但是可以考虑器官捐献，将他的部分器官留在这个世界上。没等我们说完，他的父亲站起来说："我们不考虑。"我再次见到他的父亲是 10 天以后，他对我说："小曹，我第一次听到医生跟我说器官捐献的时候，我真的很反感，我们还要抢救的呀！"后来我才知道，沈先生是父亲最疼爱的儿子。我转头看向沈先生的妻子，问她怎么想的。她说她刚听到器官捐献的时候，真的接受不了，她说我们已经这么可怜了，为什么还要捐献器官？我没有说话。她平静了一下接着说："可是事情总有两面性的，如果我们把器官捐献出去，就可以救救其他的家庭。"当我听到这句话的时候，我的心受到了震撼。很多人都会说去救救别的病人，她却说去救救别的家庭。我想他们最知道一个人的离去，会带给整个家庭的悲痛与绝望。最后，沈先生捐献了心脏、肝脏、两个肾脏和两只角膜，帮助了六个家庭。

几年的时间里，我协调见证了超过150例的器官捐献，记不清多少次在节假日、甚至是下着大雪的夜晚奔波在路上，多少次走进监护室、走进殡仪馆；记不清多少次在孩子不舍的眼神中走出家门，甚至在孩子生病需要照顾的时候，依旧不得不为了协调工作而离家。2014年前后，我曾连续工作近15个月，更不要说享受年休假了。我也记不清多少次想放弃这份工作，因为体会了太多的悲伤，更因为做不了一个合格的母亲。

所以当我选择离开医院的编制，来到浙江省人体器官捐献管理中心的时候，很多人都觉得很奇怪，为什么会放弃医院那么好的条件而选择这样一个性质的工作。记得有一位50多岁的捐献者，因为脑血管意外离世捐献器官。那一次的捐献与移植在同一家医院进行，当医生还在为捐献者缝合伤口的时候，另一间手术室传来了捐献的心脏重新跳动的消息。看到那个代表着心脏重新跳动的监护仪屏幕，我那时的心情真的无法用语言来形容，那是我第一次那么真切而强烈地感受到生命的顽强。送捐献者遗体离开医院后，我将这个消息告诉了他的家人，他女儿的眼泪唰地流了下来，回过头对她弟弟说："爸爸还活着！爸爸还活着！"我想这就是协调员工作的意义。

在我的眼里，无论国籍、无论民族、无论语言、无论信仰，捐献者和他们的家人都是平实而令人尊敬的。2015年的春节，法国小伙儿小奥在中国因意外身故，他的家人希望可以捐献小奥的器官。他妈妈说，小奥是个很善良的人，如果让他本人决定，他也会同意捐献的。捐献手术完成后，我们在手术室外一起送别小奥，他的妈妈在他的胸口落下轻轻地一吻，如同母亲告别即将远行的儿子。当我们将器官捐献荣誉证书交给她时，她用双手紧紧地将证书抱在胸口，就像抱着远归的儿子。小奥的哥哥指着证书用中文对我们说："这个，很好！"然后他们一家人一直对我们说："谢谢！"

相信有很多协调员跟我一样,有过彷徨、有过犹豫、有过退缩,但这些都不能阻止我们前行的脚步,因为生命得以延续的那一刻是那么美好,面对天使一般的捐献者,我们无怨无悔,要继续做守护这些天使进入天堂的人。

PICC 箴言:

生命得以延续的那一刻是那么美好。

中国人保寿险广西壮族自治区分公司理赔案例

被保险人曾在中国人民人寿保险股份有限公司(以下简称"中国人保寿险")投保附加康宁人生重疾保险。

2016年7月29日,被保险人因"呕血12小时"住院,入院诊断"1.乙型肝炎后肝硬化失代偿期;2.上消化道大出血;3.失血性贫血"。后于2016年9月30日进行肝移植术。

被保险人术后向中国人保寿险提交索赔,经调查,无异常,获相应赔付。

最难过的时刻,是听到他们说"我愿意"

"我们协调员每天都在为另一个生命寻找活下去的机会。当你理解生命的火种是这样来之不易的时候,你就会更加理解生命的珍贵,这就是我们协调员工作的意义。"

器官捐献协调员——这是与公民自愿捐献器官同步发展的一种新职业。首都医科大学附属医院北京佑安医院 ICU 医生王璐就是其中的一员。工作中,王璐最常说的一句话是:"你愿意捐出他(她)的器官吗?"即使被拒绝了无数遍,王璐也要问。因为每问一次,就可能有人因此活下去。

王璐面对镜头动情地说,"最令人难过的时刻不是被拒绝,而是悲痛的家属说'我愿意'……""这个时候,我真的很难过,因为接下来我会跟她一起去面对这场死亡,我会体会到她的悲伤、她的难过,也只有这样用心去体会,我才可以帮她去完成这个心愿。"

2012 年,一个小患者是王璐第一个器官捐献协调的案例。在这一年春节的时候,12

(扫描二维码观看专访视频)

岁的女孩珍珍到北京和家人团聚，不幸意外出了车祸。小珍珍被送到北京佑安医院以后，医生都在尽力去救治她，但在治疗到第15天的时候，珍珍还是没有办法活下来。

"我当时就在重症监护室外面，珍珍的爸爸妈妈就在重症监护室外面哭。我之前做了那么多的准备，可什么都用不上……"王璐回忆说，看着一直陷入悲伤的女孩父母，她只好在边上站了一上午。她想问他们是否愿意捐献器官，但这句话却始终没法问出口。

没想到，珍珍的爸爸妈妈下午就找到王璐，告诉她这个孩子一直都特别喜欢北京，希望能把她留在北京。珍珍的父亲表示，我的孩子从小到大得到了很多人的帮助，现在的医生护士又对我们这么好，孩子已经救不过来了，我们希望能够在她去世后把她的器官捐献出来，能帮到别人，当作是回报社会了。

那天珍珍完成了捐献。她的肝脏被分成了两部分，拯救了两个一岁的先天性胆道闭锁的孩子，她的肾脏拯救了一个5岁和一个8岁尿毒症长期透析的孩子，她的心脏拯救了一个9岁的先天性心脏病的孩子，她的肺脏拯救了两个呼吸衰竭的孩子，她的两片角膜让两个从来都没有见过光的孩子见到了这个世界。这9个孩子因为有了珍珍的爱，从此有了不一样的人生。

"我们协调员每一个人、每一天都是在这样的氛围中，为另一个生命寻找活下去的机会。当你理解生命的火种是这样来之不易的时候，你就会更加理解生命的珍贵，这就是我们协调员工作的意义。"王璐面对镜头坚定地说。

PICC箴言：

我不认识你们，但我谢谢你们。

中国人保健康天津分公司保险理赔器官移植相关案例

百万理赔款与顶梁柱共同撑起家庭希望

被保险人王某,男,46岁,2009年、2012年先后投保中国人民健康保险股份有限公司(以下简称"中国人保健康")《关爱专家定期重疾个人疾病保险》,保险责任中包含重大疾病保险金,保额共计100万元。被保险人既往体健,是整个家庭的主要经济支撑,也是父母、配偶、儿女的精神支柱。

被保险人入院前3月自觉恶心,双下肢水肿前往医院就诊,查体血压高达200/120mmHg,化验肌酐升高至300μmol/L,医院诊断考虑慢性肾功能不全。入院前一周,被保险人自觉上述症状加重,再次复查肌酐升高至600μmol/L,24小时尿蛋白10g,诊断为慢性肾功能衰竭-尿毒症期,未行血液透析治疗,予口服降压及利尿治疗,2015年11月被保险人为行肾移植术至天津市第一中心医院进行住院治疗。

2016年初,被保险人向中国人保健康申请重大疾病保险金的理赔。中国人保健康经过走访核实,确认被保险人此次出险符合条款约定,按照条款约定正常给付重大疾病保险金100万元。

这份保险大大减缓了客户因罹患重大疾病给家庭带来的巨大影响,让客户能够安心治疗、放心休养,客户的家庭能够继续过正常的生活,同时也让中国人保健康获得了客户的赞扬。

跨越千里的生命线

新疆地域辽阔,往往一个捐献案例需要奔波 1000 多公里。对于吕海峰来讲,能够顺利完成生命的传递,就是工作的意义所在。

吕海峰,新疆维吾尔自治区第一位人体器官捐献协调员。

新疆地域辽阔,往往一个捐献案例需要奔波 1000 多公里。作为新疆人体器官捐献管理中心唯一的男同志,手机 24 小时开机、半夜随时出发已经成为常态。新疆阿拉尔市距离乌鲁木齐 1200 多公里,从乌鲁木齐乘一个多小时飞机,下飞机后还要三个小时的汽车路程,而 2017 年有 5 例成功的捐献都产生在阿拉尔市。作为一名协调员,他一次次见证的是数千公里的生命连线。

在一次协调哈密市的案例时,吕海峰得到信息时已经是夜里十二点。在进行了基本的电话沟通之后,他连夜驱车 600 公里,赶到哈密市时已经是早上八点,顾不上吃早饭,直接奔赴医院开展工作,成功完成协调案例。因为作为一名协调员,他知道,捐献者家属在等待,医生在等待,器官衰竭的病人在等待……当完成协调见证等一系列工作,看着移植医生带着器

官转运箱登上高铁，他又返回医院帮助家属料理后事。对于他来讲，能够让捐献者的亲人满意，能够顺利地完成生命的传递，就是工作的意义所在。

2017年6月，经过整整四天的协调沟通，他完成了新疆首例维吾尔族的器官捐献。一名因交通意外去世的七岁小男孩实现捐献，挽救了3位不同民族同胞的生命，使两位视觉障碍者重见光明。当远在广东的眼角膜移植患者小朋友用手机录音发来感谢的语音留言时，当看到捐献者母亲欣慰和感动的泪水时，作为一名协调员，吕海峰感到一切的付出都是值得的。

民族团结是新疆的生命线，不同民族之间的器官捐献与移植，是新疆各民族兄弟姐妹之间血浓于水、邻里守望的最好诠释。

PICC箴言：

不同民族之间的器官捐献与移植，是新疆各民族兄弟姐妹之间血浓于水、邻里守望的最好诠释。

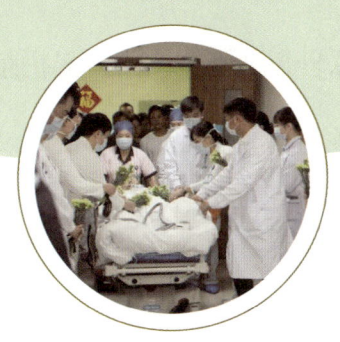

生命的"摆渡人"：
延续生命　更是抚慰心灵

夫妻俩同为器官协调员，儿子的班主任得知后，主动联系并登记了器官捐献同意书。"这令我非常感动，说明社会对我们这个职业的认可度越来越高了。"

"朱老师，我马上就要来杭州读大学了！"树兰（杭州）医院人体器官协调员朱志坚收到了一条特殊的微信。发信息的是一位器官捐献者的儿子陈远，他高考如愿以偿地考上了杭州的一所大学，选的是自己喜欢的物流管理专业。

"我本来和爸爸约好的，考上大学后一起来杭州看看西湖的美景。如果可以的话，能请那些接受我爸爸器官移植的人，替他到西湖边看一看吗？那是我爸爸的遗愿，也是我的心愿。"陈远说。

2019年5月，48岁的老陈在一场突发意外中脑死亡，家人忍痛签下同意书，捐出他的两个肾脏、一个肝脏和一对眼角膜，挽救了三个危重患者的生命，让两位失明患者重获光明。

父亲在工地发生意外脑死亡 家人决定捐献器官延续生命

陈远老家在浙江省丽水市,在他还很小的时候,父母就离了婚。父亲挑起了生活的重担,他在工地上干活,赚的每一分钱都是辛苦钱,凭着微薄的收入维持着家里的生计。

陈远初中毕业时成绩不好不坏,考虑到家里的经济条件,他曾打算辍学去打工,帮父亲减轻负担,但父亲没有同意。或许是因为自己吃够了没文化的苦,不管多困难,他都坚持要让儿子继续读书,将来考上大学,找一份好工作,后半辈子就不用像他这么辛苦了。

就这样,陈远去读了高中。可是命运似乎对这对父子格外苛刻。

2019年5月,老陈在工地干活时突然被砸伤头部,当即就倒在了血泊中,工友们紧急将他送到当地医院抢救。接到消息,当时还在学校上课的陈远匆忙赶到医院,人都是蒙的。

"或许做完手术,爸爸就会好起来……"手术室外,陈远紧紧盯着紧闭的大门,心存一丝希望。可奇迹并没有发生,由于伤情过重,老陈没能醒过来,最终被认定为"脑死亡"。

之后,器官协调员朱志坚找到了他们,提出了器官捐献的建议。

"当时内心很乱,不知道该怎么面对这一切。但朱老师说的一句话触动了我。捐献器官后,不仅能救别人,也相当于爸爸的生命得到了延续,就好像他还活在这个世界上。"

虽然陈远对捐献器官并不排斥,但最终要捐献,必须要所有亲属都同意。

受传统观念的影响,陈远的叔叔一开始是反对的。"大哥一辈子没过上什么好日子,走的时候还不得完整,我们怎么对得起他?"

家人的意见起了分歧,但是陈远还是希望能保留下一点念想,"我们家也受到过村里和社会的帮助,现在有机会回馈社会,相信爸爸会同意的!"

他和叔叔、爷爷好好沟通了一次，最终一家人达成一致意见，签下了同意书，捐献了两个肾脏、一个肝脏和一对眼角膜。

儿子考上杭州的大学 希望受捐者能替父亲看一眼西湖美景

父亲走后，很长一段时间，陈远都无法从失去至亲的悲痛中走出来。但是他明白一点，父亲生前最大的心愿，就是希望他好好读书，将来能考上大学。

以前老陈曾问过儿子，将来想去哪里上大学？陈远说想考杭州的大学。老陈听后很高兴，"杭州好啊！离家也不远，等你考上了大学，我来杭州看你，一起到西湖边走一走！"

父子俩曾经的约定，如今再也没有办法实现。

拿到录取通知书后，陈远给朱志坚发了微信。他知道按照规定不能和受捐者见面，但他还是希望接受父亲器官捐献的人，可以代替父亲，到西湖边看一看。

前不久，朱志坚联系上了几位器官的受者，他们听说陈远如愿考上大学后，都送上了祝福。其中一位眼角膜受者和一位肾脏受者，先后到了西湖景区，拍下了留念照片发给朱志坚。眼角膜受者还通过朱志坚，给陈远送去了一段祝福，"感恩陈先生及家人的无私奉献，让我得到重见光明的机会，衷心祝愿陈先生的儿子在人生的新阶段越来越好，一帆风顺！"

不仅延续生命 更是抚慰心灵

器官协调员的工作职责不仅是让更多人能够延续生命，另一方面，也需要给予捐献者家属帮助和安慰，成为心灵的"摆渡人"。

从事器官捐献协调工作以来，朱志坚遇到过不少捐献家庭，要做出器官捐献的决定，对很多家属来说都是一个艰难的抉择。

"因为脑死亡的状态下,人虽然已经没有意识了,但心跳还在,皮肤的温度还在,你会觉得亲人还没有真正离开这个世界。不过到最后,几乎所有的家庭都会庆幸当初作出了正确的决定。"

朱志坚说起他前几年前遇到的一例器官捐献者,一个7个月大的婴儿,而且是经试管婴儿诞下的珍贵儿。当时,孩子妈妈去阳台收衣服,短短几分钟,宝宝在摇篮里因为吐奶窒息,年幼的生命戛然而止。悲痛之余,家人决定捐献宝宝的眼角膜、肾脏、肝脏等器官,挽救他人生命的同时,让宝宝的生命以另一种方式得以延续。这对家人们来说,也是一种安慰和寄托。

捐献后,小宝宝的眼角膜受捐者写了一封信,请朱志坚转交给孩子妈妈。"小天使你好!感谢你的'光明礼物',如果没有你,我的余生将在黑暗中度过!在这里,我要向你和你的家人表示深深的谢意,因为你让我看到了这个世界的美好!"这位眼角膜受捐者说,以后如果有机会,他也会将这种爱持续下去,希望更多的人能够得到"光明礼物"。

夫妻都是器官协调员

朱志坚之所以从事这个职业,是因为受到爱人的影响。他的爱人李淑艳也是一名器官协调员,三年多前,浙江省红十字会组织培训"中国人体器官捐献协调员",她通过报名培训,成功考取了证书,成为一名专业人体器官协调员。

对于妻子的这一决定,朱志坚没有反对,"这个工作不好做,但你真的想好了要去,我肯定也支持你。"

李淑艳以前当过护士,也见过不少生老病死的场面,她觉得自己肯定能适应器官协调员的工作。但是真正去了之后,她才发现比想象中还要难得多:经常奔波在全省各地,手机24小时开机随叫随到,即使通宵加班后依然连轴转，很少有完整的周末和假期。

李淑艳曾经遇到一个五六岁的捐献者，孩子的肝脏通过器官移植网络平台，匹配到天津的一位肝移植患者。可是器官移植对时间有很高的要求，必须在规定时间内将肝脏运送到天津的医院。为了完成生命的接力，那天凌晨3点多，朱志坚争分夺秒开车护送妻子到萧山机场赶飞机，终于赶在飞机起飞前顺利登机。

"在这个过程中，你会发现自己承载着生命的希望。"正是这次陪同妻子护送器官的经历，让朱志坚的内心深深触动，也促使他成了一名器官协调员。

夫妻俩都是器官协调员，虽然工作比以前更加忙碌，但朱志坚和妻子都觉得非常有意义。而令他们感到欣慰的是，近年来，随着大家观念的改变，人们对器官捐献的理解也在悄然发生着变化。

"以前家属对于我们的到来，第一反应大多是抵触，如今越来越多人愿意和我们沟通后再做决定，甚至还有家属主动提出捐献器官的意愿。身边也有不少亲朋好友会主动联系我们，希望登记器官捐献同意书。"

李淑艳说，"我们儿子的班主任老师，知道我和他爸爸的职业后，也主动给我打了电话，登记了器官捐献同意书。这令我非常感动，说明社会对我们这个职业的认可度越来越高了。"

（记者 俞茜茜）

PICC 箴言：

最大的动力是，发现自己承载着生命的希望。

中国人保健康青岛分公司保险理赔器官移植相关案例

家庭顶梁柱凭保险理赔款渡经济难关

李先生的工作单位于2016年5月为其投保了《守护专家社保补充团体医疗保险》及《关爱专家短期重疾（推荐版）团体疾病保险》，后续加保了《守护专家住院定额团体医疗保险》。

李先生既往体健，在2019年初受凉感冒后出现咳嗽、咳痰，伴全身乏力、气促。自用药对症处理后，症状持续，缓解不明显，一月后前往就近医院门诊。经检查确认入院治疗，确诊为慢性肾功能不全（肾衰竭期），后行透析治疗，8个月后进行了肾同种异体移植术，术后恢复良好，肌酐逐渐降低，无不适后出院。

李先生一家本是一个幸福的三口之家，夫妻虽然收入不多，但工作稳定；父母健在且身体硬朗，平时还能积极参加一些社区活动；孩子正在读初中，成绩较好。本是街坊邻里羡慕的一家，却因李先生突然患病，让家庭面临极大的考验。

虽然有社会医疗保险可以报销一部分，但剩余的费用仍令李先生一家犯难。后经单位人事部门提醒，该企业为员工在中国人民健康保险股份有限公司（以下简称"中国人保健康"）投保了社保补充类保险。张先生准备材料到中国人保健康申请理赔，中国人保健康根据材料进行了相关调查，考虑到张先生的家庭状况给予了优先处理，支付理赔款3万元。在收到重疾确认保险金及医疗费的报销理赔金后，张先生后续的治疗费用得到了一定保障。

爱，
让生命如歌

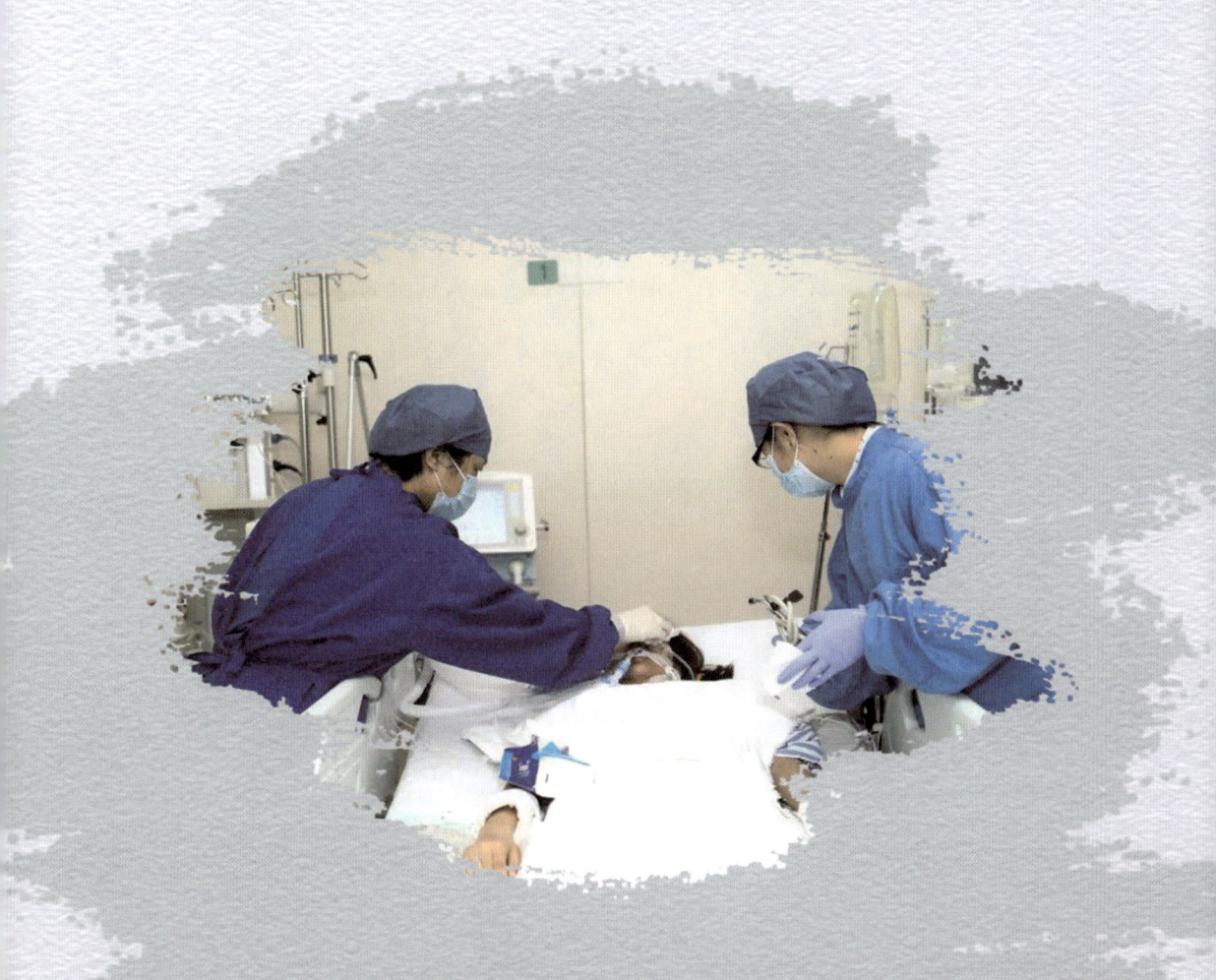

有一种爱,让心跳不止。有一种爱,让生命延续。

最后的离去和最初的诞生,一样都是人生必然。

最后的晚霞和最初的晨曦,一样都是光照人间。

公益基金的帮扶、扶贫干部的奉献、志愿者的付出……

点滴之水,汇聚成海。

以大爱之名,他们共同奏响器官捐献与移植事业的华章。

海峡相连　生生不息

这是一个跨越海峡两岸的生命连接，让生命在生死之间迸发出爱的力量，生命的意义已不再是逝去，而是生命的永续！

2013年8月29日，为缅怀我国首例台湾同胞逝世后向大陆同胞捐献器官者周仁，佛山市第一人民医院举行"海峡两岸 血脉相连，生命延续 大爱无疆"感恩分享会。

器官捐献者、台湾同胞周仁的父母专程从中国台湾来到广东省佛山市，参加了这场感恩分享会。周仁捐献的一肝两肾的受捐者周先生、卢先生、崔先生也都来到现场，对周仁父母表示感恩。

当时，在分享会现场，时任广东省佛山市第一人民医院院长的王跃建说，"我们怀着深深的感恩之情，举办简朴庄重的仪式，向周仁先生家人表达怀念和感激之情。作为实施器官捐献移植手术的医院，周仁先生的大爱与三位患者生命延续的感恩之心使我们深受感动，体现的是海峡两岸血脉相连、血浓于水的骨肉亲情。多年来，中国的器官移植供体短缺始终制约着我国器官移植的工作开展。我们举办感恩会，旨在弘扬'人道、博爱、奉献'的红十字会精神，推进公民器官捐献，搭建一个爱心公益奉献平台，提高公民自愿捐献遗体器官意识。"

周仁在佛山的大爱之举激发了两岸人民彼此相助、彼此感恩的情感。这是一个跨越海峡两岸的生命连接，让生命在生死之间迸发出爱的力量，生命的意义已不再是逝去，而是生命的永续！

2010年3月，在时任原卫生部副部长黄洁夫的倡导主持下，中国试行了《人体器官捐献工作实施方案》，2011年7月经原卫生部和广东省卫生厅批准，广东省佛山市第一人民医院成为心脏死亡捐献器官肝脏、肾脏、心脏移植试点医院。医院器官移植工作，又有了质的跨越。从此医院严格按照国家规定的心脏死亡捐献（DCD）程序，通过中国人体器官分配与共享系统（COTRS）进行分配，规范地开展公民器官捐献移植工作。

在活动现场，全体与会人员一同观看了记录台湾同胞周仁感人事迹的短片《海峡相连 生生不息》：有一种信念，它像一扇门；穿越生死，为生命的延续打开了明路；它连通海峡，是浓浓的大爱；它让两岸同胞血脉相连，共同牵引着生命勇敢前行……得益于器官的捐献，原本灰暗的命运迎来了重生；这是一次跨越海峡的生命搏动，而这，更让曾绚烂多彩的灵魂，得到了最好的归宿……

周仁捐献器官挽救5位大陆同胞的故事让全场为之动容，许多人流下了热泪，他的故事深深地铭记在了每个人的心中。

"是台湾同胞的大爱精神给了我生的希望和今天的快乐！"肝脏受捐者周先生深情地说。肾脏受捐者崔先生嘴唇因激动而颤抖着，他说："感谢周仁大哥，感谢你们两位老人家，没有周仁的大爱，就没有我的今天。我永远不会忘记，是周仁和市一医院给了我第二次生命！"

另一位肾脏受捐者卢先生更是将他一岁的儿子（于他接受肾移植手术当天出生）带到了现场。"等我儿子长大后，我会告诉他，在海峡对岸的台湾，他有一个爷爷和一个奶奶！"卢先生说。之后，他将天真可爱的孩子放到了周仁母亲的怀里。老人家抱着这个可爱的小孙子，满含泪水亲了又亲，久久舍不得放下。而天真可爱的孩子虽然听不懂大人们在说什么，但他一定感受到了浓浓的亲情和温暖，拍着小手情不自禁地笑着。

激动的老人家对三位受捐者说："感谢你们，感谢你们接受了周仁的器官，让他在你们的身体里活下去。看到你们健康、快乐，我一直悬着的心就放下了，我感到幸福！"

而站在一旁的周仁父亲说："生命只有使用权，没有所有权。当初我们做出捐献器官的决定后感到很安慰，让受捐者的生命得以延续，健康、快乐地生活，是我们一家人的最大安慰！"

这就是我们的同胞，这就是血浓于水的深情！

黄洁夫在现场说："当我听到周仁先生的感人故事后，我写下了'救人救世慈悲心，海峡两岸手足情'。奉献、博爱、慈善、乐于助人，'救人一命，胜造七级浮屠'，这正是我们中华民族的传统美德。不久前的一次调查显示，70%的人愿意身后捐献器官。但由于我国长期没有建立器官捐献的完善体系，因而进展很慢。我们的移植医生，他们有救人的天职，愿意光明正大地开展捐献器官移植工作。2010年起，我国启动了全国心脏死亡捐献器官移植试点。从2013年9月1日起，全国范围内所有人体器官捐献必须通过器官分配与共享计算机系统进行，综合等待患者的病情、血型、年龄、地域等因素，严格执行分配结果，将器官分配给最需要的人，做到公开、公平、公正。我们要建立可持续发展的不断完善的器官捐献体系。"他最后说，"器官捐献工作，就像一个刚诞生的婴儿，需要我们去呵护，去大力宣传，我们要让中华民族的人性光辉在器官捐献工作中闪闪发光！"

PICC 箴言：

> 这是一次跨越海峡的生命搏动，而这，更让曾绚烂多彩的灵魂，得到了最好的归宿……

中国人保健康陕西分公司保险理赔器官移植相关案例

服务是一种承诺 理赔是一种责任

2014年7月份，邓先生因身体不适，前往西安交通大学第一附属医院进行检查和诊治，最终被诊断为慢性肾脏病，随即邓先生家人为其办理了入院手续。

待邓先生出院后，其家人第一时间复印了病历和相关理赔材料，拨通了中国人民健康保险股份有限公司（以下简称"中国人保健康"）的服务电话申请理赔。

中国人保健康在接到邓先生的理赔申请后，秉承着"以客户利益为中心"的服务理念，理赔人员马上联系本案服务人员沟通此事并第一时间对病历资料进行审核。经过对各项资料严格的审核后，中国人保健康正常给付邓先生重大疾病保险金十万元。

十万元的保险金如期到账后，邓先生对中国人保健康高效、专业的理赔处理表示点赞，并表示："曾听说保险理赔时非常麻烦，但这次理赔经历，完全颠覆了之前的认知。在中国人保健康，理赔一点都不难！"

服务是一种承诺，理赔是一种责任。希望有越来越多的保险公司通过优秀的理赔效率赢得客户的好口碑。

深圳有个五星级义工家庭，全家都志愿身后捐献器官

如今，女儿在上海成了家，也不忘每周利用业余时间做义工。儿子丁达则成了坂田街道义工群体中的骨干，还在义工路上认识了心爱的姑娘，收获了美满的爱情。

在深圳坂田街道义工群体中，有个典型的义工家庭：婆婆向明明是坂田街道义工联副秘书长；儿子丁达是坂田街道义工联急救义工分队队长，曾荣获第十一届中国青年志愿者优秀个人奖；儿媳刘琳是坂田街道义工联艺术团团长。一家老小都是五星级义工，全家均志愿身后捐献器官，让生命以另一种形式延续。

2001年，从湖南一家单位离职的向明明带着儿子来到深圳。也正是在那一年，她第一次经过华强北的献血车，走上前去咨询后，工作人员告诉她："你的身体不符合献血的要求。""我居然这么没用，想为社会献点血都不行。"她沮丧地自言自语。但是，儿子丁达却记住了母亲这个朴素的心愿。18岁生日那天晚上,丁达跑到华强北,填表、体检、献血。听说这件事后,向明明高兴地一把抱住了儿子。

2002年,向明明加入红十字会的无偿献血志愿者工作队伍,每年志愿服务500个小时以上,每周都有一天在献血车旁为献血者讲解血液知识等。向明明做教师多年,口才好,极具亲和力,深圳红十字会多次赴梅州、河源的献血活动,她都是最活跃的讲演者。

此外,向明明还有个身份——坂田老义工。2006年坂田街道刚刚成立,向明明就担负起组建义工队伍的责任。"我是坂田街道的第一名义工。"她很自豪地说。当年,她拉动身边的朋友一起组建义工队伍,这支队伍日渐庞大,经过10年时间,坂田已有28550名注册义工。作为坂田义工当之无愧的"开拓者"和"家长",每次活动,向明明与年轻义工们相处得就像一家人。年轻义工把她当长辈,也把她当知心朋友。

谈及为什么喜欢做义工时,向明明表示,这跟自家的家庭教育有关。"从小我父亲教导我的八个字,我一直记在心上:将心比心,设身处地。意思就是凡事多为他人着想,转换立场思考问题。"在向明明的影响下,她的一双儿女都非常善良、有爱心。如今,女儿在上海成了家,也不忘每周利用业余时间做义工;儿子丁达则成了坂田街道义工群体中的骨干,还在义工路上认识了心爱的姑娘,收获了美满的爱情。

2014年在坂田街道组织的一次学雷锋日活动中,Q版萌萌的雷锋求婚场景曾感动了无数人。Q版"萌雷锋"的扮演者就是丁达,那天,他正式向同是义工的女友刘琳求婚。"我觉得愿意做义工的男孩一定是有爱心的人。"刘琳羞涩地回忆道,"记得第一次约会,丁达就带着我一起去献血,我觉得这么热心肠的男孩,一定是个靠得住的人。"

向明明一家人的身影经常出现在坂田各大志愿者活动中。更让人敬佩的是,这一大家子除了奉献业余时间做义工外,还都签署了器官捐献志愿书，自愿死后将眼角膜、器官捐献给医院和其他有需要的人。向明明在2010年1月就签署了器官捐献志愿书。在她的影响下，儿子丁达也填写了器官捐献志愿书。

（记者 陈荣梅）

PICC 箴言：

言传身教、耳濡目染，是爱心最好的传递方式。

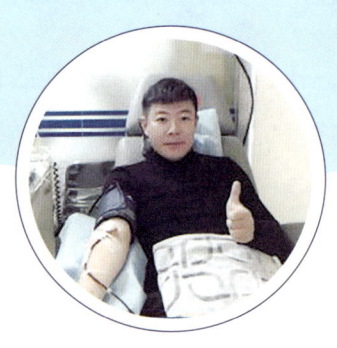

我用余生来热爱"你"

"在人体器官捐献中,可以体会到人生的真谛和感悟,可以感受到生命的价值。"

近年来,我国器官移植事业取得了显著成绩,每百万人口年捐献率不断上升,民众对待器官捐献的包容度和接受度也越来越高。而在这些显著成果的背后,是来自社会各界的一群人的默默付出,他们为器官捐献公益事业贡献了自己的力量。

沈廷冲就是这样一群人中的一分子,他是全国知名的公益人,是晴雨公益服务中心创始人和湖滨志愿者服务队发起人,也是浙江万千无偿献血者中的一员。

2010年,沈廷冲第一次了解到器官捐献这件事。当时国家刚开展人体器官捐献试点工作。他在电视上看到了一些报道,看到很多患者由于没有等到配型合适的器官而去世,他内心十分痛苦。于是年仅27岁的他,在浙江省红十字会人体器官捐献办公室填写了登记表,成为浙江省第一批人体器官捐献志愿者之一。

作为浙江省第一批人体器官捐献志愿者，起初沈廷冲并没有得到家人的理解。传统意义上，人们认为"身体发肤受之父母，不敢毁伤，孝之始也"以及"生要全肤，死要厚葬"。大部分人认为自己身体的每一个部分都是自己乃至父母的财富，不能为他人所占有。所以器官捐献工作刚开始实施时受传统观念束缚，难以被民众所理解。

但通过几年和母亲的交流沟通，加上经常给家人放一些器官捐献的宣传片，沈廷冲的家人们也开始慢慢接受并支持这件事情。2017年，他又填写了遗体捐献登记表，逝世后把遗体捐给医疗机构做研究，帮助更多的人。

他想让社会上更多的人加入器官捐献志愿者的行列中来，于是发起人体器官捐献的宣传活动。沈廷冲所在的杭州市晴雨公益服务中心将人体器官捐献宣传活动作为志愿服务队的第二大项目。"人体器官捐献光靠我一个人是远远不够的，应该让越来越多的人参与到人体器官捐献活动中来。"沈廷冲呼吁道。

"我们目前的活动主要集中在上城区湖滨街道，周末组织团队的志愿者到社区门口进行设点，通过设点传播，来开展人体器官捐献活动，一个月4-6次，平均一个星期1-2次。现在参加的志愿者越来越多。6个社区，每个点都有6个志愿者进行宣传，我们平均4-5分钟就可以招满。"

人体器官移植事业的发展离不开宣传工作的开展。越来越多像沈廷冲一样的志愿者踊跃参与到人体器官捐献宣传活动中，大大提升了民众对人体器官捐献工作的包容度和理解度。只有当社会、公众等多方协同，共同推广宣传器官捐献的理念，才能让更多等待新生的人，燃起希望。

就像沈廷冲曾说过的，"器官捐献是生命的另一种延续，我希望可以有更多的人参与进来，传播生命的力量，传递生命的礼物，让爱延续。"

PICC 箴言：

通过这种精神的力量，让更多的人了解活着的意义。

"布衣院士"卢永根的大爱人生

他将一生奉献给了中国水稻科研事业,将积攒的880万元捐赠给了教育事业,将遗体无偿捐献给了医学事业,他就是"布衣院士"卢永根。

生前捐出毕生积蓄880万元,一件毛衣却穿几十年

2017年,87岁的卢永根走进银行,缓缓地从包里取出十多个存折,将880多万元积蓄全部捐赠给华南农业大学,用以奖励品学兼优的贫困学生和忠诚于教学科研事业的老师。

他本人是华南农业大学前校长、中科院院士。但出乎人们意料的是,这位业界泰斗家里的摆设如此简陋:破旧的木沙发、老式电视,还有几把用铁丝绑了又绑的椅子……在不同年份的照片里,卢永根也总是穿着同一件绿色毛衣,他把所有积蓄无偿捐献给了教育事业,却舍不得给自己买件新衣服。

卢永根在作物遗传学特别是水稻遗传学和稻种种质资源研究中取得了很多重要的进展,尤其是"特异亲和基因"的新概念对水稻育种实践具有

指导意义。和水稻打了一辈子交道，卢永根最看不惯的就是浪费粮食，他总会善意提醒那些浪费饭菜的学生，"多少株水稻才能长成一碗米饭？"

"我要将个人财产还给国家，作为最后的贡献"

在近乎"小气"的节约背后，卢永根却对教育豪掷千金，出手大方。除了 2017 年捐赠的 880 多万元外，早在 2015 年卢永根就和夫人一起回到家乡把祖上留下来的两间价值 100 多万的商铺捐赠给了罗洞小学。卢永根勉励家乡的孩子们："一定要认真读书、刻苦读书、努力读书！一个国家强大了，我们作为中国人，在这个世界上才更有地位，才更自豪！"

卢永根曾说："我要将个人财产还给国家，作为最后的贡献。"但 880 多万元捐款并不是他最后的贡献，卢永根夫妇还签署了遗体捐献志愿书，他们希望将自己的遗体无偿捐给医学科研和医学教育事业。

2019 年 8 月 12 日，卢永根永远地离开了他深爱的土地，按照他的遗嘱，没有追悼会，甚至没有墓碑。只有一座多年前树立的雕像，安静地伫立在校园一角，守望着他挚爱的祖国。

"布衣院士"卢永根用 70 年的担当与奉献诠释了一位共产党员的初心，为他深爱的国家和民族留下了宝贵的精神财富。2019 年 11 月 15 日，中共中央宣传部追授卢永根"时代楷模"称号。

卢永根离开了我们，但那份信仰永远闪亮。这个伟大的时代正在造就更多像卢永根这样伟大的人。

PICC 箴言：

我要将个人财产还给国家，作为最后的贡献。

奉献至最后一刻！
扶贫干部倒在一线，家人遵循遗愿捐献器官

他是云南扶贫干部中的几万分之一，但在短暂的一生中，却做出了不平凡的事。活着的时候，他为帮扶贫困群众一心一意，无怨无悔；病逝后，捐献器官挽救他人生命。生而平凡，却如此璀璨！

2019年11月10日上午，云南省红河州驻村扶贫干部吴志宏同志的遗体告别仪式在蒙自市殡仪馆举行，闻讯赶来的百余名干部群众到场送别。

2019年10月17日，吴志宏在红河县三村乡南哈上寨主持召开脱贫攻坚动态管理公开评议会时突发重病，经多方抢救无效，于11月8日不幸离世。他的家人遵从其生前意愿捐献其器官，让三名器官衰竭者重获新生，让两名患者重见光明。11月12日，红河州委发布决定，追授吴志宏为"红河州优秀共产党员"，并号召全州党员向吴志宏同志学习。

49岁的吴志宏，是红河州党史研究和地方志编纂办公室副主任。他1992年参加工作，从事地方志工作27年。2018年3月，他被州委派往红河县三村乡开展脱贫攻坚工作，担任红河县三村乡党委副书记、乡驻村扶贫工作队总队长，补干村委会驻村扶贫工作队队长、第一书记。

在亲属从三村乡收回的遗物中，吴志宏的羽绒服破旧不堪，袖口都已磨破，钱包里仅有61元钱。吴志宏的妻子内退后收入微薄，孩子还读着大学，经济上并不宽裕的他却常常资助贫困群众。自从驻村那天起，他就一心扑在了扶贫工作上，甚至在重病昏迷之际，嘴里念叨着的还是当天开会的内容……

儿子说：爸爸没走，他的眼睛还在观察世界

"爸爸没走，爸爸的眼睛还在观察世界……爸爸，我告诉你，你的器官至少能救活3条人命，3条鲜活的生命等于救了三个家庭。爸爸，你平凡而伟大，我永远做你的儿子！爸爸，你听见了吗？"在已故扶贫干部吴志宏的追悼会上，他的儿子亲笔写下悼词，以告慰父亲在天之灵。

妻子说：他除了工作还是工作，我支持他

"你认得我吗？"

"认得……"

这是49岁的吴志宏生前与妻子杨玉萍最后的对话。

丈夫倒下的那一刻，对于杨玉萍来说，简直如天塌下来一般。在送往医院的途中，握着丈夫抽搐的手，杨玉萍战战兢兢地与意识模糊的丈夫说话，并尽可能让自己保持镇定。"他在回答我'认得'后，嘴里念叨着，好像就又回到了他开会时的场景。"

直到被推进电梯，像是突然意识到了什么，吴志宏的眼泪止不住地流了下来，"他可能还是舍不得这个世界吧。"杨玉萍说。

确认丈夫的手术开始后，杨玉萍再也无法克制自己的情绪，坐在手术室外泣不成声。

"他一直是一心扑在工作上,除了工作还是工作。"对于丈夫吴志宏,杨玉萍不是没有过抱怨。她吃菌中毒住院,丈夫没有出现;儿子鼻子做手术,丈夫还是没有出现。2017年,杨玉萍的父亲病危,吴志宏因工作繁忙,仅匆匆赶到医院探望,便返回单位。当天晚上,父亲不幸离世,杨玉萍只能在悲伤中独自流泪到天亮。

杨玉萍还记得自己生孩子的时候,吴志宏是直到孩子出生三天后才赶到医院的。

"我看着他,什么话都说不出来,只是一直流眼泪。"杨玉萍说,当时吴志宏在绿春县三猛乡挂职,当地有一条河,水流湍急,村民们热心地将吴志宏背过河,为的就是让他安全地回家看望妻儿。

杨玉萍说,她知道很多工作离不开丈夫,也知道丈夫帮助了很多人,尽管承受了很多的委屈,但她打心眼里全力支持丈夫的工作。

2018年驻村扶贫后,吴志宏不畏艰苦,奔波在一线。

"他去的地方很多时候车都进不去。下午两点还没吃午饭,晚上八点还没吃晚饭,这是常有的事。半夜,我们都睡了,他可能还在开会。"杨玉萍说。吴志宏的儿子也在父亲追悼会上讲述了父亲工作的不易——吴志宏买了一辆车代步,穿梭在乡村之间,10个月行程就达6万余公里。

用真心和真情驻村,时时刻刻把百姓挂心上的吴志宏也赢得了百姓的爱戴。在他入院治疗期间,三村乡百姓还按当地风俗特意求了一个"祈福包"送到医院。红布条上写满了村民的名字,他们将最真诚美好的祝福汇集,祈愿好干部吴志宏能够转危为安。

他的同学说:吴志宏是心里永远装着群众的好干部

从得知吴志宏突发急病入院到完成器官捐献,云南民族大学党委学生工作部部长、学生处处长陈洁一直忙前忙后。他和吴志宏同为云南民族学院历史系历史学专业1988级学生，目睹了吴志宏从大学至今的大部分学习和生活状态。

"吴志宏上进、平和、朴实、正直……大学四年成绩都是全班第一。"在陈洁眼中，吴志宏平凡而高尚。"新农村建设的时候他就已经驻过村，还被省里表彰为先进个人。2018年3月，他年纪也不小了，儿子又正好高三，完全可以向组织提出申请暂缓工作，但他没有任何怨言。"陈洁说，从驻村扶贫开始直至倒下的那一天，吴志宏的朋友圈里发的全是扶贫工作。

一年前，为了请陈洁帮忙给儿子填报高考志愿，吴志宏带着儿子匆匆忙忙赶到昆明，并表示当天还得赶回扶贫点。"他走后，我们几个大学同学商量，负责他儿子接下来上学的问题，他的孩子就是我们的孩子。"陈洁说。

尽管家里并不宽裕，吴志宏仍不断为困难村民提供物质支持。陈洁说，就在吴志宏病倒当天，村干部打开吴志宏钱包发现，里面仅61元钱。"他是心里永远装着群众的好干部。"陈洁毫不吝惜对这位老同学的称赞，他认为吴志宏是"不忘初心、牢记使命"的真正践行者，是一名真正的优秀共产党员。

吴志宏捐献的器官能让三名器官衰竭者重获新生，让两名患者重见光明。当天，陈洁及其他七位在昆明的大学同学悉数到场，陪伴这位老同学走过余生最后的时光，见证他的生命以另一种方式延续。"我觉得他就是我们身边焦裕禄、孔繁森式的好干部。"陈洁说。

他的同事说：他未完成的工作，我们能够担起来

同吴志宏一批，被红河州党史研究和地方志编纂办公室派到红河县架车乡牛威村委会任驻村队长、第一书记的黄树英，与吴志宏是10年的同事。2019年10月17日，吴志宏病倒的消息让她无法相信，"早上10点20多分，

我们俩还在 QQ 上交流工作情况。"

黄树英说，吴志宏在工作上从来是扎扎实实、任劳任怨、一丝不苟，而且从来没生过气。"有什么安排，他都是耐心、细致地交接交办；哪个地方做得不到位、做得不好，他一一指出并认真指导。业务上有什么不懂的，他都毫不保留地传、帮、带，从来不摆领导的架子，他对我来说是亦师亦友。"

吴志宏挂钩的帮扶户就在架车乡弄普村。他每每入户走访，就坐下来与"亲家"谈家常：家里有几个人，劳动力有几个，是否有务工人员，小孩有几个、读几年级，有没有人生病等情况，都被吴志宏一一记在笔记本上。据黄树英说，吴志宏得知其帮扶户李伟斗生病，主动掏钱给李伟斗当路费，让他去医院及时治疗；得知帮扶户李台龙家里 3 个小孩都在上学、大女儿正读高二，他主动承诺在孩子读大学时每月给予一定帮助……而如此乐善好施的吴志宏，自己却穿着一件连袖口都已磨破的羽绒服。

吴志宏牺牲的消息传到村里后，他的"亲家"们也难解悲痛，纷纷给黄树英打来了电话，希望她能代其对吴家表达哀思，并感谢"吴亲家"对他们的帮助。

"我现在能告慰他的就是，他未完成的扶贫工作，我们队员能够担当起来；他牵挂的挂包户，我会代他走访。"黄树英说。

捐献器官重燃生命之光

一个人的生命只有和国家命运、人民幸福紧紧相连、高度融合的时候，其价值和意义才会凸显出来。一个人有幸赶上和参与民族伟大复兴事业，又在精准脱贫攻坚战中拼搏奋斗，他的人生就有了非凡的价值。被州委派往红河县担任三村乡党委副书记、乡驻村扶贫工作队总队长，补干村委会驻村扶贫工作队队长、第一书记的吴志宏，倒在了脱贫攻坚一线，把生命定格在 49 岁这个风华正茂的年纪。这样的干部，用实实在在的行动赢得了群众的赞许和拥戴，他的死重于泰山，身后捐献器官，更让人敬重有加。

平凡而又伟大的吴志宏，他是云南奋战在基层一线扶贫干部中的几万分之一，但在其短暂的一生中，却做出了不平凡的事。活着的时候，他为帮扶贫困群众一心一意、无怨无悔；病逝后，捐献器官挽救他人生命。生而平凡，却如此璀璨！

"战友"一路走好，你的故事我们将永远铭记……

PICC 箴言：

真正心里永远装着群众的好干部，群众必将永远铭记。

中国人保健康浙江分公司保险理赔器官移植相关案例

公司为员工购商业险 有效转移企业风险

作为保险意识较强的企业主，吉利集团为员工购买了商业保险。宁波吉利罗佑发动机零部件有限公司是吉利集团下的子公司，邓某为该公司员工。

2019 年 1 月份，中国人民健康保险股份有限公司（以下简称"中国人保健康"）接到被保险人邓某家属报案，被保险人邓某于 2018 年 4 月份确诊尿毒症，10 月份进行了肾移植手术。中国人保健康收到客户理赔申请后，调取了武汉大学中南医院病案资料，确定了邓某因尿毒症于 2018 年 10 月份进行肾移植手术的事实，此前邓某在宁波李惠利医院进行规律性透析。

由于宁波吉利罗佑发动机零部件有限公司是中国人保健康浙江分公司

的重点商团服务对象,中国人保健康为其成立了专项服务团队,客户在理赔过程中充分感受到了保险公司贴心的服务。吉利集团首次为员工购买商业保险,本次赔付也反映了单位购买商业险的重要性,转移了企业风险,提高了员工对企业的忠诚度。

最终,中国人保健康合计赔付21.8万元,其中,重疾保险金赔付20万元,医疗费赔付1.84万元。邓某为单位普通员工,该款项为其后续治疗提供了很大帮助,解决了经济上的燃眉之急。

"魔芋大王"何家庆：我愿为贫困儿童提供一双眼睛，只为他看见祖国的未来

"在我去世之后，捐献自己的眼角膜给贫困山区的儿童，为他们提供一双明亮的眼睛。"

2019年10月19日晚，"魔芋大王"何家庆因病逝世。离开前，他以录制视频的方式表达了器官捐献的心愿，并反复嘱托，一定要把眼角膜捐献给贫困山区的孩子。

何家庆生前是安徽大学生命科学学院教授，多年研究魔芋并传授魔芋种植相关技术，曾获"全国劳动模范""全国第七届扶贫状元"等荣誉称号，因此也被称为"扶贫教授"。

1984年，他自费考察大别山植物资源，考察报告为中央实施山区星火计划提供了依据。1998年，他跨越八省区，行程三万多公里，为一百多个县的芋农讲授魔芋栽培技术，沿途传授魔芋栽培、病虫害

（扫描二维码观看何家庆的故事）

防治技术。有夜宿山洞的寒冷夜晚，也有被毒蛇咬伤的危险时刻，却都不曾让他停下。

从 2016 年开始，已经 67 岁的何家庆自费走遍了安徽、江苏、浙江、江西、河南等省，调研栝楼产业发展现状，传播科学的栽培技术，帮助农民增收。

2019 年 7 月，他在安徽潜山调研途中晕倒，经检查诊断为癌症晚期，不得不离开他孜孜不忘的科技扶贫路。

对扶贫事业的执着，一直延续到他生命的尽头。何家庆去世前一段时间已经无法进食，只能用汤勺喝水，打营养针维持生命。即使这样，他仍躺在病床上写产业扶贫的调研报告。逝世前一天，他以录制视频的方式表达了器官捐献的心愿。

因身患癌症，何家庆只有眼角膜可以捐献，所以这位老人临终前立下遗嘱，将眼角膜捐赠给贫困山区的孩子。

2019 年 10 月 24 日，何家庆的两只眼角膜成功移植。一位来自淮南的 17 岁男生、一位来自六安的 14 岁男生成为接收何家庆教授"爱的馈赠"的幸运儿，两位少年均患有圆锥角膜病。寻找角膜，恢复光明，是两家人最大的期盼。通过媒体报道，他们知道了何家庆教授去世欲将眼角膜捐给贫困山区孩子的事情，让他们看到了一线希望。他们不敢耽搁，连忙赶到合肥，经过一系列详细、系统的检查，根据时间优先、病情优先等原则，这两位少年最终成为何教授眼角膜的受赠者。

PICC 箴言：

此生最后一次"爱的馈赠"，他留下一双明亮的眼睛……

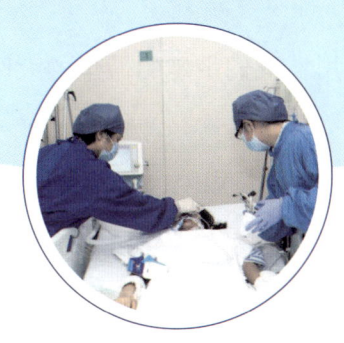

树兰公益基金伸出援手
17岁少女"换肺重生"

树兰公益基金的设立,是为了让更多贫困患者减轻经济负担,避免患者因为经济原因而失去器官移植等治疗机会,为那些贫困患者"雪中送炭"。

对终末期肺病患者来说,肺移植是改善他们生活质量,甚至存活的唯一希望。17岁湖南女孩佳佳就面临这样的命运,她患有严重的肺功能衰竭,只有肺移植才能挽救她的生命,可高昂的手术费用让一家人望而却步。正当面临绝境之时,浙江省树兰公益基金会暨器官移植专项基金向这个贫困的家庭伸出了援手。2020年国庆长假,父亲老何陪着女儿佳佳,在树兰(杭州)医院接受肺移植手术,手术获得圆满成功,年轻的生命得以延续,鲜花重新绽放。据了解,这也是全球首例儿童单肺移植同期漏斗胸矫正手术。

3岁查出佝偻病　胸廓凹陷压迫心肺

"女儿自打出生就特别容易受凉感冒,平均每个月都会感冒一次。"说起女儿佳佳,老何的语气里满是怜惜,"谁知道,她3岁时有一次感冒了半个月还没好,吃药也不管用,我们带她到城里的大医院检查,这才发现了问题。"

医生检查发现佳佳胸廓有明显塌陷,也就是俗称的"漏斗胸",被确诊为"佝偻病"。这种病是因为体内维生素 D 不足,引起钙、磷代谢紊乱,从而导致骨骼病变,影响肺功能。佳佳之前频繁的呼吸道感染,病因便在此。

医生为佳佳进行了漏斗胸矫正手术,让原本明显塌陷的胸廓抬起来一部分,受凉感冒的情况明显减少了。可随着佳佳逐渐长大,老何发现,女儿的胸廓又慢慢塌陷了下去。而且感冒比以前还要频繁,症状不断加重。

2018 年初,正在读高三的佳佳再一次严重感冒,胸闷、咳嗽了大半个月,还出现了呼吸困难、痰中带血丝等症状。后续检查发现,由于佳佳左侧胸骨塌陷明显,长期压迫左肺,形成左侧肺大疱病理改变。这次可能就是因为她感冒后剧烈咳嗽,导致了自发性气胸。经过吸氧、抗炎、胸腔闭式引流等对症治疗,佳佳的症状依然没有缓解,只能转到城里的大医院治疗。

医生在腔镜下为佳佳做了左侧肺大疱切除手术,气胸的问题解决了。但她的胸骨长期压迫心肺,心脏被挤到了右侧,心肺功能和同龄孩子相比明显要差许多,在学校不能参加体育课,爬两三层楼就会喘不过气来。

每感冒一次病情就加重一次 肺移植手术是唯一的希望

高中毕业后,佳佳在湖南老家一所职业技术学校上学。2019 年暑假,她到工厂打零工,谁知上班没多久就又感冒了。这次的感冒来势汹汹,佳佳感觉到呼吸困难,被紧急送到省城医院,因救治及时,住院治疗十多天后病情逐渐稳定。

这次虽躲过一劫,但家人却不知道,佳佳下一次感冒会在什么时候来临,到时候还能否这么幸运。

因为疾病的消耗，身高1米66的佳佳体重只有80多斤。2020年8月，她再次旧病复发，呼吸困难。

"我送女儿去医院，在离医院门口十几米的地方，她已经完全喘不过气来了，脚肿得也很厉害，入院后只能靠吸氧维持。"看着女儿的病情一次比一次严重，老何心里担忧，不能每次都等感冒了再送医院抢救，一定要找到办法彻底治好女儿！

医生评估了佳佳的病情后说："佳佳已经属于极重度通气功能障碍，必须依赖无创呼吸机，才能勉强维持生命，但随着未来病情进一步恶化，唯一的办法只能是做肺移植手术。"

这是老何第一次听到"肺移植"这个名词。找谁可以做这样的手术呢？

一家人四处打听，了解到陈静瑜教授是我国著名的肺移植专家，被誉为"中国肺移植第一人"。

走投无路之际在杭州找到希望

2020年9月14日，老何带着佳佳找到了陈静瑜教授，经过仔细评估，佳佳的病情符合肺移植手术指征。但现实问题接踵而至，一方面，当时没有与之匹配的肺源，什么时候能做手术是个未知数；另一方面，高昂的手术费用，对老何这样的农村家庭来说，是一个天文数字。

做肺移植手术需要近40万的医疗费，老何家里所有积蓄加起来总共还不到3万元。

回去后，一家人一边等待肺源，一边尽力筹钱准备手术。

钱不够，老何只能问村里的亲戚朋友借，好不容易凑了20万救命钱，可离凑齐手术费还是很远。

10月3日上午，老何的电话响了，是陈静瑜教授打来的。

陈静瑜教授是树兰（杭州）医院的特聘专家，就在前一天，一位脑外伤患者经抢救无效进入脑死亡状态，家人悲痛之余，愿意捐献他的心、肺、肝、肾等器官，以挽救更多患者，完成生命的延续。幸运的是，这位捐献者的血型、身高、体重、肺叶大小等，都与佳佳非常吻合。

"当时陈静瑜教授电话告知我们小姑娘的情况，真的非常揪心。"树兰医疗集团总院长郑树森院士表示，树兰（杭州）医院特地为佳佳申请了树兰公益基金会器官移植专项基金，帮助他们渡过难关。

这一通电话，让原本走投无路的家庭再次看到了希望。老何没有丝毫犹豫，当天晚上就收拾好了行李，买了第二天一早从湖南老家到杭州的火车票。

坐了6个多小时的火车，10月4日下午两点半左右，老何和佳佳到达杭州火车东站。此时，树兰（杭州）医院的救护车已经在站内等候，接上老何父女后直奔树兰（杭州）医院，医院呼吸与危重症医学科的医护人员全程守护着佳佳。

入院后，经审核评估，树兰公益基金会批准了30万元器官移植专项公益基金用于佳佳的肺移植手术，以挽救这个17岁年轻女孩的生命。为了尽可能帮老何一家节省开支，呼吸与危重症医学科主任杨莉与护士长金群还帮老何解决了住宿问题，让他在医院安心陪护女儿。

杨莉主任知道佳佳牵挂父亲，术前，她在佳佳耳边轻声说，"别担心，你安心治病，你爸爸有地方住，不会睡走廊了！"听了医生的话，一直乐观坚强的佳佳瞬间泪如泉涌。

肺移植手术同期完成胸廓畸形矫正手术

2020年10月6日晚，一场紧张有序的术前讨论与准备工作在树兰（杭州）医院紧锣密鼓地展开。为了这场手术的顺利进行，医院医务部组织了普胸外科、呼吸与危重症医学科、麻醉科、手术室、重症监护室、体外循环组、OPO器官协调办公室、输血科等科室积极完善术前检查及各种准备工作，确保万无一失。树兰（杭州）医院特聘专家陈静瑜教授和该院普胸外科主任朱理教授为佳佳主刀手术。

手术从10月7日上午10点左右开始，历时5个多小时。医生们不仅要完成左侧单肺移植，还要完成二次胸廓畸形矫正手术（因为佳佳3岁时曾做过一次胸廓畸形矫正手术），手术难度相应增加。

"肺移植手术同期完成胸廓畸形矫正手术，对医生来说是一项挑战，非常考验团队整体协作能力和医院的医疗管理水平。"陈静瑜教授说。他曾带领团队在2015年完成全球首例双肺移植同期胸廓畸形手术，"这位患者在术后第二年拔除了固定的钢板，术后5年多来一直正常工作，心肺功能非常好，原本凹陷的胸廓也平整了。"陈静瑜教授介绍。这次为佳佳进行了左单侧肺移植同期胸廓畸形矫正手术，希望能从根本上解决病痛。

当天下午3点多，手术结束，佳佳转入ICU。树兰（杭州）医院重症医学科主任卢安卫一直守护在佳佳身边。术后12小时，佳佳移植肺功能氧合良好，顺利完成气管插管拔管。术后第二天上午，她就可以吃稀饭了。

"肺移植手术难度大、技术要求高，对围术期综合救治能力是极大的考验。"卢安卫主任表示，"术后患者还需要闯感染、排异等众多关卡，一般来说术后3—10天是发生感染和排异的高峰期。我们会加强这段特殊时期的管理和监测，帮助患者顺利康复。"

避免因病致贫、因病返贫　这是我们肩负的社会责任

器官移植是许多终末期器官衰竭患者的最佳治疗方案，然而移植费用以及长期服用免疫抑制剂的经济负担，让许多挣扎在生死边缘的困难家庭望而却步。

为了唤起全社会对患有重大疾病且经济贫困患者的关爱与支持，2019

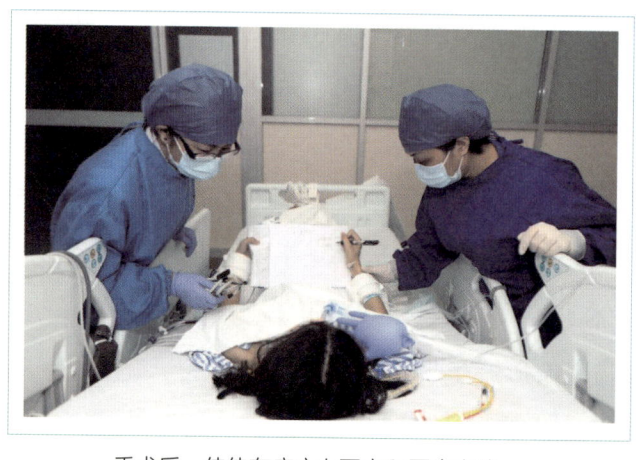

手术后,佳佳在病床上写字和医生交流。

年,浙江省树兰公益基金会暨器官移植专项基金在中国工程院院士郑树森和李兰娟的倡议下成立,目的是为了救助家庭经济困难、患重大疾病的患者,尤其是对需要开展器官移植等重大疾病的患者进行医疗救助。树兰公益基金会秘书长张武介绍,树兰器官移植专项基金已帮扶几十位患者,累计捐助资金 300 余万元。

"在我们最无助的时候,是树兰医院和树兰公益基金救了我女儿,让我们一家人看到了希望!"看着女儿一天天好起来,老何心中充满了感恩。

"在临床当中,我们经常会遇到一些患者,原本有治疗希望的,却因为经济原因而失去了救治机会,特别是那些年轻患者,非常可惜。"郑树森院士说,设立树兰公益基金,是为了让更多贫困患者减轻经济负担,避免患者因为经济原因而失去器官移植等治疗机会,为那些贫困患者"雪中送炭"。

"帮助贫困患者,避免一些家庭因病致贫、因病返贫,是我们肩负的社会责任。"树兰公益基金会理事长寿张飞说道。同时他也发出呼吁,希望有更多的爱心人士奉献爱心,支持树兰公益基金会开展医疗救助。

(记者 俞茜茜)

PICC 箴言:

避免一些家庭因病致贫、因病返贫,是我们肩负的社会责任。

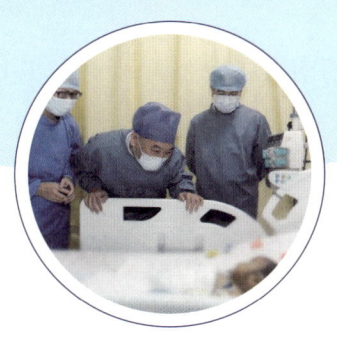

11月大女婴完成劈裂式肝移植

三岁的时候,妈妈就去世了,从未感受过母女之间的感情。"我想要一个孩子,好好爱他。"

11个月大的安安闭着眼睛,眉头紧皱。不久前,安安刚在树兰(杭州)医院做了一场大手术——劈裂式肝移植,由郑树森院士亲自主刀。

安安是位先天性胆道闭锁患者。这是一种高发于婴儿期的疾病,进行肝移植是最终的治疗方法。

"她来的时候情况非常严重,已经出现了肝功能衰竭。同时还伴有营养不良,生长发育等情况也不好。"树兰(杭州)医院肝胆胰外科主治医生杨喆说,劈裂式肝移植是将一个成人的肝脏分出一部分移植到患儿身上,"这种手术在肝移植手术中是最难的。"

她的"小天使"来之不易

安安的母亲岳丽明此前从未听说过这种病。

女儿出生后,她一直沉浸在"终于有了自己的小天使"的喜悦中。

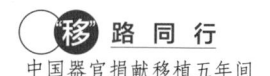

岳丽明和老公都是湖南人，老公大她4岁。夫妻俩结婚五六年，一直备孕，可迟迟没有结果。最后在医生的建议下去做了试管婴儿。

岳丽明特别想做妈妈，她三岁的时候，妈妈就去世了，从未感受过母女之间的感情。"我想要一个孩子，好好爱他。"

岳丽明很幸运，试管婴儿一次成功，而且是双胞胎。"我老公表面很淡定，晚上被我发现他躲在被子里偷笑。"

"辣椒我也不吃了。"从小到大，岳丽明都是无辣不欢。

她常常给宝宝们放音乐，最常听的是钢琴曲《瞬间的永恒》。她喜欢曲子的旋律和名字，"宝宝们找到了我，就永远是我的宝贝了。"

2019年8月，两个女儿出生，安安是妹妹。

35岁的她被问：你是孩子外婆吗

安安出生后，皮肤泛黄，带去医院看，医生说黄疸偏高，岳丽明也没太在意。老公还嘲笑她："都是随了你，皮肤才这么黄。"

直到安安快4个月时，有医生提醒他们做肝功能检测，结果出来，岳丽明觉得"天塌了"。

安安转院到杭州，确诊先天性胆道闭锁，医生建议先采用一种保守手术治疗。

"我和老公带着大宝一起在医院住了一个月。"岳丽明说，手术很急，又找不到人帮忙，一家四口只能暂时"蜗居"。"两个宝贝睡病床，我和老公坐椅子上睡。"

那段时间，岳丽明整晚睡不着觉，头发大把大把地掉，额头处几乎全秃。

有一天，她抱着安安在走廊散步，有人和她聊天时问，"你是孩子的外婆还是奶奶啊？"

她才35岁。

生病后，安安似乎不怎么长了，5个月，只有60多厘米高，14斤重，有人问："这是刚出生的小宝宝吗？"

最终，手术的效果仍不理想，安安只能等待肝移植。那时，她开始出现肝腹水，小小的人儿因为浮肿，撑得"大大的"。

等待手术，等待希望

2019年底，一家人回了老家。2020年4月，岳丽明独自带安安再次到杭州治疗，老公则在家带大宝。

治疗中，有医生推荐她们到树兰（杭州）医院。

"他们说，安安可以到那里做肝移植手术。"岳丽明阴霾许久的心情终于明亮了。

但是要成功做完这场手术并不简单。成人的肝和孩子的肝在匹配时有许多问题要考虑：血管管道的直径、大小怎么连接和匹配等。

在手术前，医院组织儿科、重症医学科、肝移植科、肝胆胰外科、麻醉外科等多个科室，进行了多场研讨会，力求准备好每一个细节。

郑树森院士尤其关心安安，主持了五六场病情讨论。

"因为孩子的血管细又短，所以手术中，我们还要做一个血管搭桥，两三毫米的血管，在显微镜下，一针一针缝起来，难度非常大。"杨喆说。

终于等到这一天，郑树森院士主刀为安安做了手术。那天，岳丽明一直站在手术室门口，"我觉得这样离她更近，可以给她传递能量。"

手术进行了6个小时，非常顺利。术后安安仍未脱离危险，一直在重症监护室，她需要闯的关还有很多。

再难也不想放手

安安生病后，很多亲戚劝岳丽明放弃，也没人再愿意借钱给她，"这个

病是无底洞，带着大宝好好过……"

岳丽明做不到。

"我听说这个病，如果不治，最后会大出血而死，让我的小宝这么惨……"她快速地摇头，"我不能想，太可怕。我也不甘心，我还没听到她叫我妈妈，如果她就这么不在了，每次看到大宝，我都会想起她。"

安安手术后，医院破例让岳丽明进入监护室陪着女儿。

"这么小的孩子，妈妈陪在身边会恢复得快一点。"树兰ICU肝移植主任庄莉说，ICU的护士们轮流守护在安安身边，"宝宝太小，吐不出痰，我们随时给她翻背、拍背。"

"她身上插着好多管子，看着就觉得痛。"岳丽明不能抱她，只能轻轻摸摸她的手、拍拍她的背，给她唱儿歌，这时候，安安会安静很多。

有时候看到女儿笑，她特别想哭，"这么可爱的宝宝，为什么会这样。"

"我有时希望时间快一点，有时希望慢一点。"等候肝源时，她想时间快，可又怕太快，"不知道一觉醒来，小宝的情况是不是更差了。"

有时候，在洗手间看着蓬头垢面的自己，岳丽明有点不敢认。

"我以前很爱美的，每天都要做面膜，洗完脸擦护肤水什么的。"她笑得无奈。

安安生病后，岳丽明给她买过两个礼物：一个两元多的小猪飞侠，一个"六一"儿童节买的6元的小飞机。安安很喜欢，总是要放在嘴巴里咬。

岳丽明特别想给女儿买一个早教机，可以为她放放音乐、讲讲故事。

"住院的时候，隔壁床的小朋友有一个，灯光一闪一闪的，很吸引她的注意力。"岳丽明后来上网查了下价格，就默默放弃了，"挺想流泪的。"

每当夜深的时候，岳丽明的情绪最低落，"我从小就没了妈妈，难道还要失去女儿吗？"

她努力让自己不要想这些，不想那些可怕的后果，她告诉自己，闯过一关是一关，"我会想她以后能健康长大，陪在我身边，可以感受这人间的美好：开口叫妈妈、爸爸；可以穿漂亮的裙子去上学。"

拿到爱心捐赠，她泣不成声

手术后，郑树森院士每天都会询问安安的情况，查房时，看到安静躺着的安安，他笑得一脸慈祥。也是在那天，他得知，安安喝的奶粉没了。

从做试管婴儿到安安生病，岳丽明一家花掉了20多万元，除他们夫妇全部的积蓄外，还背上了近10万元的外债。

前几天，给安安买了最后一包尿不湿后，岳丽明已身无分文。

查房出来后，郑树森院士拿出一笔钱，给安安买奶粉。随后，树兰（杭州）医院的医护人员陆续为安安捐款，其他科室的医护人员悄悄地买来奶粉和尿不湿送到ICU。

浙江省树兰公益基金会暨器官移植专项基金承担了安安此次手术的全部医疗费用。拿到来自社会各界的爱心捐赠时，岳丽明泣不成声。

"等小宝病好了，我一定要带她好好地谢谢白衣天使们。"岳丽明一遍遍地说。

PICC箴言：

宝宝们找到了我，就永远是我的宝贝了。感谢白衣天使，帮我守护住我的宝贝。

中国人保寿险天津市分公司理赔案例

为爱人投保寿险 给家庭一份保障

2012年6月13日,投保人刘女士为其爱人高某投保中国人民人寿保险股份有限公司(以下简称"中国人保寿险")和谐人生终身寿险(万能险)(A款),保险金额21.4万元,附加安心提前给付重大疾病保险,保险金额17.4万元。

2019年3月10日,被保险人高某因身体不适前往河北医科大学第三医院就诊治疗,经医生诊断为急性肝功能衰竭、肝性脑病,收住院治疗。2019年3月18日,高某进行肝移植手术,4月20日治疗结束出院。

高某的家属于同年7月28日将理赔资料提交到中国人保寿险柜面。经理赔人员受理审核,调查人员走访核实,高某此次住院治疗符合保险条款中重大疾病保险责任,给付附加险保险金额17.4万元,主险基本保险金额相应减少,主险继续有效,基本保险金额4万元。

他们是星，
他们是火

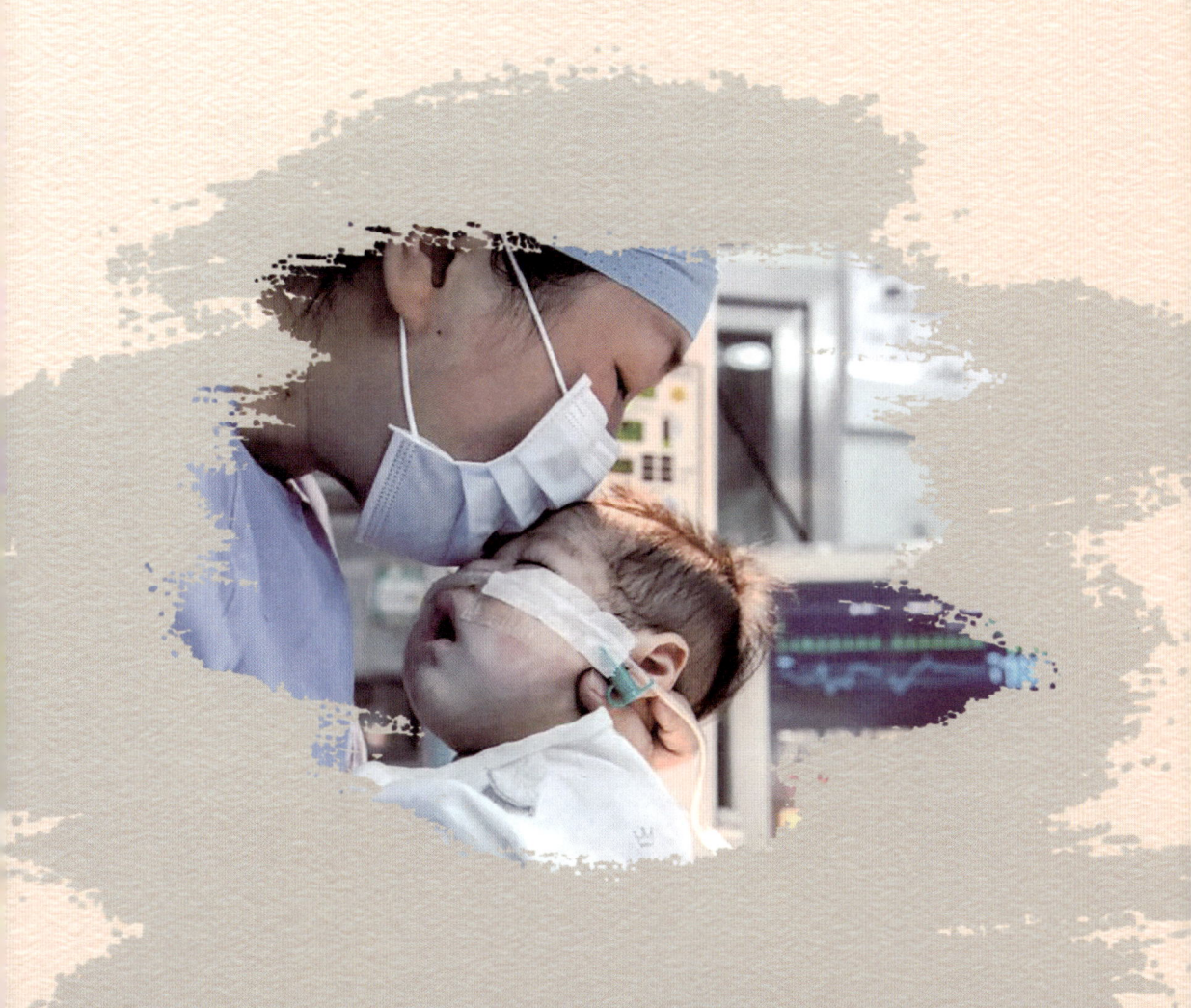

生命如歌,回声悠扬。当生命的时钟停摆,捐献者们化为星,化为火,递出生命最后的礼物——而那点星火,炽烈、温暖、不遗余力燃烧自己绽出的星火,将永不坠落。那些苦苦守候的人得以重燃新生的希望,也将带着捐献者的留恋,微笑出发,去传递温暖;带上捐献者的心愿,提灯前行,去实现梦想。

薪火相传家国情，
胡晨荣获全国"最美退役军人"称号

"你走进黄昏，却给别人以清晨。"这是一位诗人为31岁的退役军人胡晨所作的诗句。

2018年11月10日，中央电视台综合频道播出全国"最美退役军人"发布仪式，安徽省铜陵市器官捐献者胡晨荣获全国"最美退役军人"称号。

"你走进黄昏，却给别人以清晨。"这是一位诗人为31岁的安徽省枞阳县雨坛镇双丰村退役军人胡晨所作的诗句。这位年轻的退役军人因病不幸早逝。弥留之际，他与父亲商议决定，去世以后将有用的器官无偿捐献，延续他人生命。

投身军旅获殊荣

2004年高中毕业的胡晨入伍，服役于中国人民解放军某后勤部队，入伍两年，第一年被评为优秀学兵，第二年被评为优秀士兵，2006年胡晨退役。

重创接踵而至

胡晨 7 岁那年母亲病逝,父亲腿脚不便,作为家中长子,他早早地扛起了家庭重担。为了家人,胡晨忍痛牺牲梦想,早早挥别军营,挑起家庭重担。退役返乡后,胡晨奋力打拼,家中光景慢慢好转。他结了婚,家中盖起二层小楼,并将弟弟送去部队,一家人生活蒸蒸日上。可没想到,2015 年,胡晨妻子生孩子时因心衰去世,他含悲忍痛把襁褓中的婴儿托付给父亲,只身一人再赴北京打拼。谁知 2016 年他不幸患上了病毒性脑炎,病情反复恶化,给这个不幸的家庭带来沉重的压力。

奉献大爱铸军魂

命运重锤一次次敲打,胡晨一次次坦然面对。"我不行了,但能帮别人一点是一点!"这位年轻退役士兵的遗言感动了枞阳小城。

2018 年 5 月 10 日,胡晨去世,在安徽省红十字会器官捐献协调员的见证下,合肥市第一人民医院器官获取组织的专家立即进行手术,成功摘取胡晨的 1 个肝脏、1 对肾脏和 1 对眼角膜,植入 5 位患者的体(眼)内,使他们重获新生。他是安徽省首例退役军人捐献器官者,年仅 31 岁。

薪火相传家国情

胡晨的无私大爱来自部队培养,更源于红色家风。他的伯爷爷、叔爷爷参加过新四军抗日,叔爷爷还参加过抗美援朝。新中国成立后,他的伯父、叔叔、堂哥、弟弟等,祖孙三代 8 人从军,均在部队表现优异,多次立功。

PICC 箴言:

你走进黄昏,却给别人以清晨。

中国人保健康江苏分公司保险理赔器官移植相关案例

受益重疾险 被保险人肝移植花费金额从 40 万降到 4 万

被保险人颜某为华夏银行有限公司无锡分行员工,该行自 2011 年起为员工投保社保补充险种和短期重疾险种。颜某 2011 年起在中国人民健康保险股份有限公司(以下简称"中国人保健康")参保。

2018 年 8 月 21 日,颜某因肝移植就诊于江苏省人民医院,此次治疗共花费 671106.28 元,社保支付 265352.18 元,客户自行承担 405754.1 元。

2019 年 6 月,颜某向中国人保健康申请理赔。经审核,中国人保健康赔付医疗费共计 109500 元、重大疾病保险金 250000 元,合计 359500 元。经过中国人保健康保险金给付后,被保险人颜某本该个人承担的高额医药费四十多万元降低到四万多元,极大地减轻了其家庭的负担。

"跨省救援"的小宇泽还是走了，妈妈的朋友圈让人泪奔

"跨省救援"的小宇泽，2018年11月20日上午于北京天坛医院去世。为了实现他生前做医生的梦想，妈妈捐献了小宇泽的角膜，为他人带去光明。

2018年11月20日，从内蒙古转运至北京天坛医院的13岁患者小宇泽因伤势过重，多器官衰竭去世。

"十一"期间，13岁的小宇泽同家人前往内蒙古旅游时发生车祸，经诊断，小宇泽存在重度颅脑损伤、气胸以及身体多处骨折。孩子伤情严重，被送到医院时已经没有呼吸心跳且瞳孔散大，期间经过多次心肺复苏抢救，一直在用呼吸机维持生命体征。病情控制后需从内蒙古自治区人民医院转至北京天坛医院就诊。

时间就是生命。10月15日16时左右，擅长神经外科治疗的999急救医生张大春随救护车到达当地医院。张大春医生第一时间对患者的病情进行了检查评估，确定救护车于16日凌晨5时出发。

10月16日凌晨5时15分，在999医护人员的护送下，载着小宇泽的救护车从内蒙古自治区人民医院出发，启程回京。当地距离北京有500多公里的路程，在多方爱心接力下，10时36分，车队到达北京天坛医院。随后，天坛医院组织了多次多学科会诊，对小宇泽脑功能进行了多次评估，并对病情进行了全力救治，伤情始终未有好转。

宇泽妈妈：感恩所有关爱的人

令人遗憾的是，这么多人的爱心，还是没能留住小宇泽。

感恩节当天，小宇泽的妈妈在社交平台上，公布了小宇泽去世的消息，同时感谢所有关爱过小宇泽的人。

她还表示，为了满足孩子生前做医生的梦想，将按照小宇泽的心愿捐献他的眼角膜。小宇泽捐献的角膜被送至同仁医院，帮助他人重见了光明。

PICC箴言：

孩子，虽然你今生来不及实现做医生的梦想，但你却真真切切地帮助他人重见了光明。

跨越国界的生命礼物

五位器官移植受者聚集在一起，计划为菲利普圆梦。五位从未受过专业训练，甚至都没有接触过音乐演奏的成员，拿起了菲利普生前喜欢的乐器，组建了这支"一个人的乐队"。

"你走了，留给这个世界最珍贵的是希望，五个等待已久的生命，因你重获新生。我和你母亲都知道你还活着，从未离开。空气中还有你的气息，你还在亲历这个精彩的世界，你就是他们……"

这封漂洋过海的家书是六十三岁的彼得先生写给儿子菲利普的。如今他想再看到孩子拨动琴弦哼唱着不成调的曲子已成奢望，只能每日翻看儿子演奏的视频，将爱埋藏在心底。

（扫描二维码观看菲利普的故事）

菲利普的故事，跨越国界的爱

菲利普出生在澳大利亚的一个普通家庭，对中国文化的喜爱促使他毕业后以一名外教老师的身份，在重庆西南大学教授英文课程。菲利普热爱音乐，喜欢给自己的中国学生弹唱："我的梦想就是组建一个自己的乐队，站在舞台上绽放光芒。"遗憾的是，他的音乐梦定格在了2018年5月9日。那一天，菲利普因病抢救无效在重庆去世。他的父母在悲痛之余，尊重儿子的生前意愿，做出了无偿捐献器官的决定。在重庆市红十字会的协调见证下，菲利普成功捐献了一个肝脏、两个肾脏和一对眼角膜，挽救了三人生命，让两人重见光明。

重庆市红十字会工作人员说，菲利普是中国第7例外籍器官捐献者，也是重庆市首位涉外器官捐献者。重庆市红十字会严格按照中国器官捐献的法律法规和工作流程全程参与捐献协调、见证。同时积极发扬国际人道主义精神，全程陪同协助家属办理菲利普的身后事宜，尊重家属的文化和习俗，为他们提供了人道服务，让捐献者家属感受到了来自中国人民的温暖。

延续菲利普的梦想，多方努力上演温暖故事

得知菲利普的故事后，Loong创意团队深受感动，于2019年9月5日，

在中国人体器官捐献管理中心、重庆市红十字会的协调下,将五位器官移植受者聚集在一起,计划为菲利普圆梦。五位从未受过专业训练,甚至都没有接触过音乐演奏的成员,拿起了菲利普生前喜欢的乐器,组建了这支"一个人的乐队"。

参与乐队组建的腾讯广告为他们提供了《见字如面》节目录制的机会,让这支不凡的乐队正式露面。节目里,音乐人小柯通过菲利普父亲给儿子的信,为观众讲述了"一个人的乐队"的故事。

写给菲利普的家书,寄托着生命奉献的人间大爱

当听闻接受儿子器官捐献的5位器官移植受者为了完成菲利普的音乐梦想,组建了"一个人的乐队"时,彼得先生按捺不住自己激动的心情,连夜写了一封家书。这封饱含思念、充满深情的电子邮件,通过重庆市红十字会工作人员,漂洋过海传递到了中国。

彼得夫妇俩每天都会去整理儿子的房间,所有的摆设仍保留着原来的样子。为了让儿子永远陪伴在自己身边,父亲彼得把菲利普的名字和肖像刻在了自己的双臂上,同时把儿子最喜欢的吉他也刻在了一起。

诚如彼得先生在信中所写,生命,不因死亡而终结。有爱,就能得到延续。

我们期待"一个人的乐队"登台演出,奏响这跨越半个地球的梦想,也期待着他们能感染到更多人,怀着一颗豁达仁爱之心,参与到器官捐献这一崇高的公益事业中来,让宝贵的生命在奉献中得以延续。

PICC箴言:

生命,不因死亡而终结。有爱,就能得到延续。

中国人保健康内蒙古分公司保险理赔器官移植相关案例

风险无情 保险有爱

被保险人王某，女，于 2016 年 1 月 1 日至 2016 年 12 月 31 日由其单位中国工商银行内蒙古分行投保中国人民健康保险股份有限公司（以下简称"中国人保健康"）关爱专家短期重疾团体疾病保险，保单号 00209929000003。

王某因上腹疼痛一月，全身黄染一月，腹胀、下肢浮肿半月，于 2016 年 5 月 25 日入中山市人民医院。临床诊断：乙肝肝硬化失代偿期、门脉高压并胃底静脉曲张、脾大、肝囊肿、肾囊肿、胰腺囊肿。并于 2016 年 5 月 26 日在中山市人民医院行经典背驮异体肝脏移植术。术后予抗排斥、抗病毒、输血等治疗，病情恢复后出院。

2017 年 10 月份，王某申请理赔，中国人保健康经调查审核理赔资料，符合协议中关于重大器官移植术的赔付责任，于 2017 年 10 月 13 日结案，赔付重疾理赔金 5 万元。

致敬天使！青岛4岁女孩去世捐献器官，以另一种方式"活着"

"你愿不愿意用自己的心去救别的小朋友？"小九月点头说"愿意"，还和妈妈拉钩表示同意。

距离小九月5周岁生日只有3个月时，一场突如其来的重病无情地夺走了她的生命。救治无望之时，家人忍痛决定：无偿捐献器官，延续他人生命，让她"以另一种方式存活在这个世界上"。

2018年6月21日上午7点58分，小九月的心脏停止了跳动，随后，她捐出了双肾、肝脏和一对角膜共5个器官，给5人送去了重生和重见光明的希望。

4岁小女孩突患脑部疾病

4岁多的小九月漂亮可爱，特别是一双大眼睛，炯炯有神。距离她5岁生日只有3个月时，不幸发生了。

2018年6月2日，马女士发现女儿脸部抽搐，走路不稳，立即带她到医院检查。检查结果显示，小九月脑部长了东西，医生建议到北京进一步诊治。6月5日，在北京天坛医院，小九月被确诊患有脑部肿瘤。医生告诉马女士，小九月的病目前尚无有效的治疗方法，这对马女士来说无疑是晴天霹雳。虽然医生已下结论，但马女士不愿放弃，希望能从网上找到救治方法，但最终不得不接受现实。绝望中，想到善良懂事的女儿，马女士萌生了一个想法：一旦孩子不行了，就捐出她的器官，救助他人，用这种方式延续女儿的生命。

救治无望决定捐献器官

6月6日晚，马女士带着女儿回到青岛。

回到家中，马女士整天以泪洗面："那种绝望，别人体会不到。"不到半个月，小九月的病情恶化，从走不稳到不会走路，再到坐不稳、排尿困难……

此后，马女士联系了青岛市红十字会，向他们提出了捐献女儿器官的想法。6月14日，青岛市红十字会的工作人员和青岛大学附属医院人体器官捐献协调员张艳艳等人到马女士家中走访，介绍了器官捐献的相关事项，并看望了孩子。

6月16日下午，小九月病情突然加重，呼吸微弱，开始昏迷，马女士赶紧联系了协调员张艳艳。被送到医院后，医生及时进行气管插管治疗，维系着小九月的生命。医院组织专家会诊，再次确认诊断结果无误。6月16日下午，小九月开始陷入深度昏迷，只能靠呼吸机等设备维持生命体征。

给5人新生和光明的希望

6月17日，马女士和家人在《中国人体器官捐献登记表》上签字，同意女儿去世后无偿捐献器官，救治他人。

2018年6月21日上午7点58分，小九月的心脏永远地停止了跳动。

经过评估，小九月的双肾、肝脏和一对角膜共5个器官可以捐献，心

脏和肺脏不符合捐献条件。最终，小九月捐献的 5 个器官通过中国人体器官分配与共享计算机系统，分配给了 5 位患者，给他们送去了重生和重见光明的希望。

回忆起女儿，马女士不断啜泣。她说，女儿特别爱笑，给家人带来了无限欢乐，年龄虽小，却乖巧懂事、有爱心。"捐献器官能救人，就让孩子为社会做点贡献吧。她那么善良，肯定会同意的。"生病后，马女士曾问女儿，"你愿不愿意用自己的心去救别的小朋友？"小九月点头说"愿意"，还和妈妈拉钩表示同意。

马女士说，9 月是小九月 5 周岁生日，生病后，她本来想提前给孩子过个生日，但没想到病情发展太快，这个愿望也来不及实现。"6 月 16 日去医院前的几个小时，孩子还对我说'妈妈，我永远爱你！'"说到这里，马女士又哽咽起来。

据悉，小九月是 2018 年青岛市第 75 例捐献者。她的名字已被镌刻在青岛福宁园奉献林的纪念碑上，供人瞻仰。

（记者 徐军 李红梅）

PICC 箴言：

你的笑容，让每个人铭记。

中国人保健康深圳分公司保险理赔器官移植相关案例

被保险人长期患病12年　累计获赔52.2万元

被保险人黄某，男，55岁，自2012年1月1日起随广东大亚湾核电服务（集团）有限公司在中国人民健康保险股份有限公司（以下简称"中国人保健康"）投保，连续投保5年。

2005年4月份，被保险人体检发现贫血、白细胞减少等症状后，前往深圳市人民医院住院，最终被诊断为"骨髓异常增生综合征"。期间多次进行药物治疗，后经医生建议行异基因造血干细胞移植。被保险人与其胞妹HLA配型全相合，且有强烈移植愿望，于2017年7月18日进行骨髓移植，后续持续进行抗排斥治疗。

被保险人确诊为骨髓异常增生综合征至肾移植的12年期间，被保险人多次提交理赔申请，中国人保健康均及时处理。其累计申请医疗费用32笔，总计花费医疗费81.9万元，社保报销金额51.1万元，被保险人个人负担金额30万元，中国人保健康共计赔付12.2万元；另中国人保健康予赔付重大疾病保险金1笔，计40万元整。中国人保健康合计赔付52.2万元。

因被保险人长期患病，被保险人家庭因此减少了经济来源，医疗保险金的及时给付，减轻了被保险人家庭的负担，填补了被保险人患病期间的经济空缺。

感恩"叶沙们"
——浴火重生，为爱圆梦

20号刘福、1号胡伟、7号颜晶、4号周斌、27号黄山，他们的球衣号码放在一起，正是2017年4月27日——这是叶沙离开这个世界的日子，也是"叶沙们"获得新生的日子。

2017年4月27日，一个热爱篮球的16岁少年叶沙，因突发脑出血不幸离世。父母悲痛万分却不忘叶沙的理想：成为一名优秀的救死扶伤的脑科医生，于是决定将叶沙的心、肺、肝、两个肾、一对眼角膜捐献给7个急需器官移植的病人，拯救了7个鲜活的生命。

在中国人体器官捐献管理中心的策划安排下，7个人当中的5人组成了一支篮球队，他们要为"叶沙"圆梦。

周斌，54岁，肝移植受益者，优秀干警却因病痛而无力惩戒罪恶，肝移植让他重获新生。获得新生的那一刻，刚刚苏醒、还躺在病床上的周斌，为远方帮助自己的叶沙和

（扫描二维码观看叶沙的故事）

他的父母，遥敬了一个礼。

颜晶，14岁，眼角膜移植受益者，13年前，颜晶带着右眼上的浑白色肿瘤出生在湘西的大山里，因为这只与众不同的眼睛，她在学校被一次次地嘲讽、排挤。角膜移植手术之后，颜晶的右眼重现光明，"胎记"的消失也完全改变了她的生活。

黄山，22岁，眼角膜移植受益者，长期的夜班令他圆锥角膜发生病变，面临失明。因为同是叶沙的"眼"，他与颜晶就像亲兄妹一般。训练场上，他俩作为队里最年轻的队员，别人休息的时候，他俩依然还在刻苦练习，让人仿佛看到了活跃在篮球场上的"叶沙"。

刘福，49岁，肺移植受益者，常年的矿井生活，他被确诊为尘肺病，这种病会导致呼吸困难，咳嗽胸痛，严重时还会咳血。术后醒来的瞬间，刘福感到前所未有的舒畅，他的肺不再像拉风箱那样嗡嗡作响，呼吸也不再是一种煎熬。

胡伟，50岁，肾移植受益者，2016年得了尿毒症，急需肾脏移植救命，家族有肾病病史，父母都因肾病而饱受折磨。自从成功接受了肾脏移植，胡伟的人生从此改变。他决定，用自己余下的生命为中国人体器官捐献事业去奉献。

2018年1月27日，在中国篮球协会的支持下，"叶沙队"站在了专业篮球赛场的中央。这一晚，"叶沙队"在短短两分钟的时间里，获得了体育馆内全场观众最热烈的掌声。20号刘福、1号胡伟、7号颜晶、4号周斌、27号黄山，他们的球衣号码放在一起，正是2017年4月27日——这是叶沙离开这个世界的日子，也是"叶沙们"获得新生的日子。

生命的意义，不仅在于生存，同样也在于传递与分享。分享健康的希望，分享生命的延续。叶沙将他的体育大爱留给了"叶沙"篮球队，相信未来将有更多的人会在这条体育大爱的道路上延续传奇。

PICC 箴言：

生命的意义，不仅在于生存，也在于传递与分享。

中国人保健康深圳分公司保险理赔器官移植相关案例

被保险人申请医疗费用 23 笔 累计获赔 57.7 万元

被保险人蒋某，男，47 岁，自 2019 年 1 月 1 日起随中国南方航空股份有限公司在中国人民健康保险股份有限公司（以下简称"中国人保健康"）投保关爱专家短期重疾（推广版）团体疾病保险，连续投保两年。

被保险人因"发现肌酐升高 3 年"入院，被诊断为"慢性肾功能不全尿毒症期"。期间多次进行透析治疗，且于 2019 年 9 月 14 日全麻下行 DCD 供肾肾移植术。

患病期间，被保险人多次向中国人保健康提交理赔申请。经审核，符合产品保险责任。中国人保健康理赔人员迅速介入，主动服务，追踪案件进度。

被保险人治疗期间累计申请医疗费用 23 笔，总金额 51.6 万元，社保报销 7.2 万元，被保险人个人负担金额 44.5 万元，中国人保健康共计赔付 27.7 万元；累计赔付重大疾病保险金 1 笔，计 30 万元整。中国人保健康合计赔付 57.7 万元。

医疗理赔款项的及时给付，极大地缓解了被保险人家庭的经济压力，为被保人解决后顾之忧，安心在医院住院治疗，不必担忧医疗费用的问题。

横跨海峡显大爱，化作春泥铸重生

这是一次跨越海峡的生命延续，同为炎黄血脉，共谱大爱诗篇。

血脉相连　生命永续

2019年7月8日，46岁的台湾同胞林先生在天津市第一中心医院离世，但他的生命以另一种方式得到了延续。林先生是首位在天津实现器官捐献的台湾同胞。据悉，他捐出的心脏、肝脏、双肾、双肺，已分别移植到5位患者体内，各方面指标正常，术后情况良好。

林先生是中国台湾省台南市人，在大陆的台资企业工作。与家人聚少离多的他，养成了写日记的习惯，记录生活中的点滴与家人分享。在2019年3月的两篇日记中，他特意提到："万一我死了，还有能捐献的器官就捐献，剩下的就简单处理……什么都不用做，有剩余价值的衣物或物品就地捐赠给需要的人们。"在同事的记忆中，林先生曾多次提到器官捐献的事情。

当年6月初，林先生突发脑出血，同事立即将他送到当地医院就诊，因病情危重，进行了初步处理的林先生转入天津市第一中心医院。天津市第一中心医院立即开通绿色通道，组织神经外科、重症医学科的专家组迅速展开抢救。经过近 1 个月的治疗，病情仍未有好转，经会诊，判定林先生为脑死亡。

闻讯而来的家人想到他有器官捐献的意愿，在详细了解病情后，决定尊重他的意愿，随后联系到天津市红十字会。天津市红十字会的人体器官捐献协调员向林先生的妻子详尽介绍了人体器官捐献的法规、政策、流程，协助家人签署了《人体器官捐献确认登记表》。

林太太表示："非常感谢红十字会的工作人员，他们工作很细致周到，帮助我们解决了很多问题，对于捐献的流程也介绍得很详细，相信红十字会能很好地协助他完成最后的心愿。大陆的医疗条件和医疗服务很好，每一项工作都很细致，在治疗期间受到了很多关照，让我觉得可以很踏实地做出器官捐献的决定。以前我们一起聊天时他说起过，如果有一天他突发疾病，就把器官捐献给有用的人。做出这个决定也是帮助他实现愿望，签字的时候感觉解脱了，我懂他，他也懂我，家里人也都支持这个决定。"

林先生的同事说："他平时负责后勤工作，非常认真负责，每天工作都是做好总结、检查一遍再走，对同事们也是关爱有加，他生病期间我们都是来轮流照顾，希望奇迹可以出现。他捐献器官救这么多人，更值得我们崇敬。"

2019 年 7 月 8 日，天津市第一中心医院手术室，协调员、医务人员深深地鞠躬致敬后，林先生的器官获取手术顺利完成。

浴火重生同续炎黄血脉　乐善好施共传千年文明

2019 年 7 月 11 日上午，安泰器官捐献殡仪服务站告别厅内哀乐低回、庄严肃穆，天津市红十字会为本市首位台胞器官捐献者林先生举办的缅怀告别仪式在这里举行。人们怀着十分沉痛的心情深切悼念人体器官捐献者林先生。

天津市人民政府台湾事务办公室、市红十字会相关负责同志、市红十字会人体器官捐献管理中心协调员、市第一中心医院医务人员、志愿者代表、热心市民等40余人参加了缅怀告别仪式，林先生的亲眷、同事也赶来送他最后一程。

告别大厅内庄严肃穆，林先生安详地静卧在鲜花丛中。生前照片定格在屏幕中央，目光深邃、明亮。挽联"浴火重生同续炎黄血脉　乐善好施共传千年文明"高度概括了林先生骨肉相连、血浓于水的赤子情怀和"捧着一颗心来，不带半棵草去"的无私奉献精神。

林先生生前所在公司的领导情真意切地回忆："林先生襟怀坦荡，博爱仁慈，工作积极认真，待人真诚亲切。"天津市道德模范、人体器官捐献志愿服务队大队长栗岩奇，天津市器官捐献事业"爱心公益大使"、著名节目主持人梁爽分别饱含深情地诵读了致林先生的悼念诗，众人无不为之动容。

横跨海峡显大爱　化作春泥铸重生

天津市红十字会向林先生的家属颁发了《中国人体器官捐献证书》及纪念杯。

林先生捐献器官的高尚行为，诠释出最美的人间大爱，值得被永远铭记。林先生的妻子悲恸又坚定地说："非常感谢天津市红十字会细致入微的工作和无微不至的关怀，感谢为捐献服务的每一个人。虽然他走了，可是他的生命在其他人身上得到了延续，我相信他会以另一种方式一直守护着我们。"

天津市红十字会人体器官捐献管理中心负责人表示："这是一次跨越

海峡的生命延续,得知林先生的捐献意愿后,我们立即与市台办取得联系,尽全力做好捐献服务工作。他的善举让我们非常感动,这是海峡两岸骨肉亲情的最好体现。"

(记者 徐杨 王倩)

PICC 箴言:

浴火重生同续炎黄血脉,乐善好施共传千年文明。

中国人保健康山东分公司保险理赔器官移植相关案例

防患于未然 重疾险有效缓解农民家庭经济压力

魏某来自一个普通的农民家庭。2014年10月15日,魏某在中国人民健康保险股份有限公司(以下简称"中国人保健康")投保康乐人生个人重大疾病保险(A款),保额4万元。

2016年6月份,魏某出现胸闷等症状后,先后在临沂市莒南县人民医院、临沂市人民医院治疗。

2016年11月9日,魏某在山东省千佛山医院住院治疗,被诊断为扩张型心肌病,于2017年2月16日行心脏移植术,共计花费50多万元。

对这个农民家庭而言,如此高额的治疗费用无疑是一个沉重的负担。中国人保健康接到报案后,安排理赔人员积极协助客户办理理赔事宜,并于2017年7月24日完成了重大疾病保险金的给付。虽然金额不高,但对于缓解客户家庭经济压力起到了一定的作用。

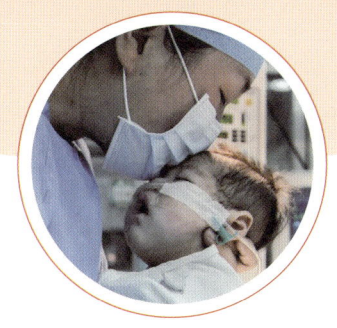

66天女婴换上4岁男童心脏 创造纪录

一颗温热跳动的心脏,从4岁男童身体里,换到66天大、3公斤女婴的胸腔,医生从死神手里抢回了她,生命以这种方式得以延续。

"孩子,坚持住,我们等你回家!"2019年9月19日,在武汉协和医院住院部7楼的ICU外,林女士望向病房的方向,嘴里轻声念叨着。她不能忘记,中秋节时,第一次小心翼翼抱起换心手术后的女儿,轻轻贴着她红润的脸颊,泪眼蒙眬。

2019年6月8日,武汉协和医院宣布,为出生仅66天、体重3公斤的睿睿,换上了一名4岁男童的心脏。睿睿是当时国内年龄最小、体重最轻的"换心儿"。

新生宝宝严重心衰　命悬一线急需换心

31岁的林女士家住湖北枣阳,怀孕5个月时,在产检过程中发现胎儿患有主动脉狭窄,出生后需手术治疗。经过再三权衡,她决定留下孩子。

2019年4月,睿睿降生了,体重6.8斤,全家人开心地迎接这个新成员的到来。可没过多久，林女士就发现宝宝吃奶有点吃力，时常会气喘。睿睿出生13天时，林女士和丈夫带着孩子到武汉协和医院心外科就诊，但因为当时孩子还太小，接诊的苏伟教授建议他们等到孩子满月的时候再来。

5月7日，睿睿到医院接受检查，结果令人震惊。小小的睿睿患有先天性心脏病、心脏房缺和室缺、合并主动脉狭窄、心肌致密化不全。更糟糕的是，心脏的射血分数只有17%-19%，不到正常值的1/3。

时任武汉协和医院心脏大血管外科主任董念国介绍，睿睿的心脏有成人心脏那么大，占满了整个胸腔，左肺被挤"消失"了，右肺只剩一点，左支气管也被压得只剩一条缝，所以睿睿出现了呼吸困难。

针对心功能不全的问题，医生进行了会诊，并调整用药，但情况并没有较大改观。在一次治疗过程中，睿睿突然上气不接下气，浮肿严重、心率快，心肺功能情况十分不好。医院心外科、心内科、儿科三次联合会诊，认为孩子严重心衰，唯有通过心脏移植，才能延续生命。

幸运等来"救命心"

医生会诊的结果，对林女士而言，犹如晴天霹雳，她蹲在医院楼梯间号啕大哭。为了冷静，她和丈夫来回爬楼梯。

在睿睿接受心脏移植手术前，武汉协和医院曾为仅3个月大的小天佑进行心脏移植手术。和小天佑妈妈的通话，给了林女士信心，"无论有多难，我相信医生，搏一把试试。"

能供儿童使用的爱心捐献心脏十分稀缺，因此，能等到爱心捐献并接受心脏移植手术的概率并不高。等待的过程异常难熬，睿睿每天都要面对严重心衰、身体湿冷、血压骤降、呼吸困难等带来的致命考验。

6月7日晚9时许，董念国接到消息，广州有一颗爱心捐献的宝贵心脏。当时正在陪家人的医生郭超，带上装备直奔天河机场，搭乘晚上10点30分的航班赶往广州。

这颗心脏来自4岁的广州男孩童童，6月1日，童童从高楼坠落，经治疗无效宣告脑死亡。家属同意捐出童童的心脏，希望他的生命以另一种形式延续。

6月8日凌晨3点，郭超评估童童身体、心脏情况后，认为这颗供心比较适合。上午10点10分，协和团队顺利取出了这颗宝贵的心脏，并赶上返回武汉的航班。

5小时艰难手术后，她换上4岁男童心脏

8日13点40分，协和护心团队抵达武汉天河机场。14点35分，供心抵达协和医院手术室。此时，移植医生团队已在手术台上做好了心脏移植手术的准备。15点48分，供心植入到睿睿胸腔。16点14分，这颗"救命的心"复跳。17点21分，这场历时近5个小时的手术终于结束。

"从医20多年，这是我做过最艰难的一台手术麻醉。"武汉协和医院麻

醉科武庆平教授说，孩子全身血容量不到 300 毫升，麻醉量必须精确计算，稍有差池就会加重心衰。

4 岁孩子的供心放入两个月大的宝宝体内，不仅心脏个头不匹配，小小的身体是否能承受"大马力"发动机？董念国介绍，虽然睿睿只有两个月大，但她的心脏和胸腔较大，供体经评估能放入她的胸腔。同时，睿睿由于肺动脉高压，需要一个偏大的心脏，这样有助于以后的治疗。

挺过术后重重关卡

手术后，睿睿经历了常人难以想象的艰难考验。首先，孩子肺动脉高压严重，导致换心后无法带动心脏正常运转，专家使用 ECMO（人工心肺）辅助治疗 11 天，为这颗心脏争取到宝贵的恢复时间。

其次，4 岁的孩子和两个月的宝宝血管粗细严重不匹配，供体的主动脉直径 1 厘米，而受体主动脉直径只有 3-4 毫米。董念国根据经验，将睿睿的动脉、静脉及血管进行扩大，再进行匹配。

此外，睿睿由于年龄太小，胸腔的深度不够，强行关胸会压迫到心脏。董念国做出尝试，在术后近一个月时间里分 3 次关胸，终于一点点将供心放到睿睿的胸腔内。

林女士说，她能感受到女儿的坚强，"每次进到 ICU，我都会趴在宝宝耳边告诉她，大家都等着带她回家，每次她都会蹬腿回应。"

（记者 刘迅）

PICC 箴言：

奇迹源于精湛医术，更源于大爱无疆。

中国人保健康上海分公司保险理赔器官移植相关案例

保险金如及时雨 缓解家庭压力

被保险人李某，男，59岁，就职于上海隧道工程股份有限公司。2011年3月8日，单位为其在中国人民健康保险股份有限公司（以下简称"中国人保健康"）投保《关爱专家短期重疾（推广版）团体疾病保险》，续保至2016年3月7日。

2015年2月12日，被保险人因反复活动后胸闷不适，就诊于复旦大学附属中山医院，医院诊断为扩张型心肌病、心功能Ⅲ级。2015年2月13日，李某进行了心脏移植手术，医院治疗35天后出院。出院后不久，李某提出重大疾病理赔申请。中国人保健康收到申请材料后，随即开展调查，确认事故真实无误后，赔付重大疾病保险金7万元。

被保险人因长期受心脏疾病折磨，每年住院好几次，虽有医保报销部分费用，但是心脏治疗费用总体很高，加上此次心脏移植手术，家中负担更重，这笔7万元的保险金就像及时雨，缓解了家中生活压力。

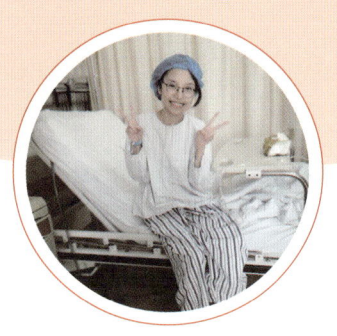

呼吸之间

2017年8月31日，新生第四年，吴玥在江苏省红十字会举办的2017年江苏省人体器官捐献集体志愿登记活动中，现场登记成为中国人体器官捐献志愿者。吴玥说，这是她送给"放牛小弟"的礼物。

2018年12月29日，吴玥给前后两次双肺移植手术的捐献者"放牛小弟"和"三十同学"写了一封信。这封信在微信公众号上发出后，吴玥收到了很多留言，有读者被她做二次移植手术的坚强打动，鼓励她继续前行；有在器官捐献志愿活动中结识的捐献者家属、病友和受者家属默默关注着她，从她的勇敢中汲取生命、生活的动力；有志同道合的公益伙伴，为她的意志力和行动力点赞；也有陌生人，为她经历磨难后仍热爱生命的行为感动，通过网络留下一句句"加油"。

吴玥把文章分享到自己的朋友圈，并附言"生命的脆弱与生命力的顽强"。这句话，说的是"放牛小弟"，是"三十同学"，更是她自己。

（扫描二维码观看吴玥的故事）

生命的接力

见到吴玥那天,是她父亲的生日。吴玥穿着粉色碎花的棉睡衣,坐在无锡市人民医院的普通病房里吃蛋糕,拿勺子的右手,因为服用排异药而微微颤抖。妈妈让她少吃高甜食品,把蛋糕换成鸡蛋面条,吴玥乖乖听话,小口小口,尽量多吃。

刚做完二次肺移植手术两个月,吴玥恢复得不错,体重增加了1公斤,每天保持六至八小时的睡眠,六分钟心肺功能检测结果也超出了医生的预期,"三十同学"的双肺正与她彼此适应,共同呼吸,又一次见证了生命的奇迹。

由于国际通行的"双盲"原则,吴玥不知道给了自己双肺的捐献者是谁,于是她以手术的日子(2018年10月30日)称呼他为"三十同学"。她在信中写道:"以后,'他'就成了不同的'你'。你们完成了完美的接力。"这个"你",是吴玥第一次移植手术的捐献者"放牛小弟",从2013年8月31日开始,他的双肺进入吴玥的身体里,陪伴她走过了五年零两个月的"新生"。

2013年,吴玥经历了人生中第一次移植手术,面对术后复健过程中的腹泻呕吐、筋骨疼痛、感冒咳嗽、头晕昏迷等一系列折磨,她都顽强地坚持了下来。

每年8月31日,吴玥写信跟"放牛小弟"回顾自己"新生"后的生活,对他倾诉自己一年里的思考、获得,以及那些不为外人道的艰难和软弱时刻。她想,"放牛小弟"一定了解,一定明白,一定会支持她,迈过人生里一个又一个坎。因为他在她的身体里,两人是真正的"同呼吸、共命运"。

正因如此,在2017年12月发现自己的身体出现移植排异反应时,吴玥的第一反应是不舍,病痛和死亡能带给她的恐惧已经很小,她更想留住的,是"放牛小弟"的肺和这段缘分。

她在家用自备的肺功能检测仪测了自己的FEV1(一秒用力呼气容积)数值,屏幕显示0.51升,只有她手术后第一年的四分之一;去医院复查,6

分钟的步行试验，她的测试距离从 567 米减少到了 352 米。无锡市人民医院副院长陈静瑜为吴玥做了第一次移植手术，他建议她尽快做二次移植。

吴玥犹豫不定。她过不去自己这一关，也担心再一次移植手术会给早就负担过重的家庭更大的压力，父母已经老去，自己的生命真的能再一次出现奇迹吗？抱着最后的侥幸，吴玥在家用制氧机维持，减少活动量和范围，希望能延缓排异发展。

但对机器的依赖，让吴玥感到焦虑和危险。制氧机长时间使用会自动断电，等待机器重启的十几分钟到半个小时内，她只能靠自己。吴玥难以想象自己在睡眠中失去了供氧该怎么办，对机器的依赖让她无法把握自己的生活，睡不好，吃不下，体重迅速下降到不足 35 公斤。

2018 年 10 月中旬，吴玥的身体状况更糟了，她在信中说："我的内心开始恐惧与焦虑的时候，我知道，我必须跟你（'放牛小弟'）道别了。做了接受二次移植这个决定，微信发给医生的瞬间，我泪如雨下。我一边说着对不起，一边说着谢谢你。"

十天后，吴玥在无锡市人民医院接受了第二次肺移植手术。二次移植面临着很大的风险，与吴玥相熟的医生在她进手术室前来给她加油打气，握着她的手不停地说"别紧张"。吴玥很坚定，反过来安慰对方，约定好在手术室外见。

更大的困难在手术后，胸腔出血导致二次开胸止血，术后还出现耐药菌感染、高烧等情况，但吴玥始终不曾放弃。在家人的陪伴下，在医生的全力支持下，吴玥小心翼翼地呵护着这份来之不易的爱心捐献。

"第一次移植和'放牛小弟'的闯关经验，转化为宝贵的财富，让我分得清要坚持什么，忍受什么，什么时候休息调整，什么情况配合运动。"有人问吴玥，二次移植有什么不同，她说，"哪怕身体承受着疼痛，呼吸功能恢复缓慢，但是我的信念是坚定的，我的心情是愉悦的，我变得更从容。

因为我前进的每一步，都证明着我在变好。"

最奢侈的事

一件美丽的衣服，一张回家的机票，一间属于自己的房子，一个彼此吸引的爱人，一段不被打扰的时间……每个人都有自己珍重的人、事、物。对于吴玥来说，最奢侈的，是2013年9月她在无锡市人民医院的病房里醒过来时，呼吸的一口气。充足的氧气经由肺部进入血液的感觉如此神奇美妙，"很爽"，"好像一个新的生命进入到你的身体里"，吴玥如此形容。

那是第一次，一个新的生命经由器官捐献和移植进入了吴玥的身体。之后，一切都改变了。

时间回到2013年5月，吴玥去医院检查身体，不幸查出患有晚期肺淋巴管平滑肌瘤病（LAM），这种几乎可称为绝症的病是由基因突变引发，发生在肺部的概率是四百万分之一。

确诊后的吴玥需要24小时吸氧，无法下床行走，基本丧失了生活自理能力。医生告诉她只有两个选择，回家依靠制氧机维持生命，最多再活五年；或者做肺移植手术。

吴玥的第一反应是拒绝移植，"从小到大没有经历过这么大的手术，是那种对未知的恐惧，我很害怕。"

当时她只有26岁，在一家广告公司做客户维系和执行，职业生涯才刚刚起步。不能工作，失去了经济来源，治疗费和医药费也给家里增添了沉重的负担。看着日渐憔悴却依旧坚强的父母，吴玥一度觉得自己是个累赘。

可是，吴玥想活下去，因为只有活着，才有机会好起来，才有能力报答父母的养育之情。

然而，可供移植的器官资源十分稀缺。那段时间，吴玥常常怀疑自己能不能等到移植手术那一天。

幸运的是，2013年8月31日，她等到了合适的肺源，一个远在广西的陌生弟弟在放牛时不慎摔落导致脑死亡，他的父母决定捐献他的器官。这个无私大爱之举，让吴玥得以进行双肺移植手术。

在无锡市人民医院，经过陈静瑜和他的肺移植团队九个小时的手术，吴玥重新自由呼吸，开启了生命的新篇章。

术后康复的过程是辛苦的，但是吴玥深知这一切的不易，所以倍加珍惜，积极配合术后治疗和康复锻炼。

吴玥顺利地渡过了手术后的康复期，可是半年后她出现了严重的呕吐，"最频繁的时候，五分钟吐一次，整个人离不开垃圾桶。"

在被不明原因的病痛折磨时，吴玥开始给"放牛小弟"写信，写给他，也写给自己。像一个承诺，吴玥一年一年地写，好像也给了自己更多的信心面对病痛和生活。

2016年10月，吴玥陷入昏迷整整14天。医生说如果第15天再醒不过来，可能会脑死亡，或者成为植物人。但是吴玥奇迹般地醒了过来，事后她在信中回忆："不知道我在昏迷的时候，你（'放牛小弟'）的肺是如何配合呼吸机，维系我的生命的，那一刻我觉得我最接近你要离开时的状态了，那一刻我好像能感受到你离世前的不舍，我强烈的求生欲望和你给予支持的信念，让我在第14天晚上醒了过来。我知道，我不是一个人在战斗，没想到，两个人的力量竟然这样强大。"

超越孤独与死亡

吴玥格外珍惜"放牛小弟"和"三十同学"延续的生命长度，不断用自己的热情增加着生命的厚度与广度。

在身体条件允许的情况下，2017年6月11日，吴玥报名参加了在北京举行的第六届中国移植运动会女子400米中长跑。参赛前，吴玥在医生的指导下进行了几个月的健身准备，提高自己的肺功能。

距离终点还有100米，吴玥感到自己进入了一种喘不上气的临界点，移植同伴奔跑的身影、耳边的加油声伴随着一呼一吸进入视线、脑海，她咬牙坚持，放慢速度跑完了全程。

吴玥参加第六届中国移植运动会女子400米中长跑。

2016年3月开始，吴玥多次参加器官捐献宣传活动，作为器官移植受者代表表达心声。她说，"器官捐献和移植，是捐献者与医护人员携手带领受者抗争病魔，这种大爱超越了孤独和死亡，应该让更多人知道、理解、参与进来。"

对于犹豫不决的人，吴玥的故事让他们坚定信念，登记捐献；对于身处琐碎生活的普通人，听到、看见吴玥的经历，让他们体会到生命的美好，珍惜生活；病友们更喜欢吴玥，因为她替不善表达的人传达出了感恩之心。

身体逐渐恢复后，吴玥开始学习烘焙，为帮助过自己的朋友送去亲手设计制作的小蛋糕，在他们生日的时候以他们的名义给彩虹福利院捐款，将捐赠回执作为礼物送出；她带着退休的妈妈自由行，带"放牛小弟"和"三十同学"去看广阔世界，在当地的大街小巷寻找美食；她读书、写作、健身，进录音棚录歌……生活于她，是色彩斑斓的。

PICC箴言：

珍惜留在身边的人，善待生命万物。

夜空中最亮的星

那一刻,我们的情绪慢慢地平静下来,所有撕裂的苦痛一点点地消解,甚至转化为了内心深处的慰藉。是的,我们的女儿可以以这种方式继续存活在这个世上,她将得到重生!

我的女儿,余奕璇,我们都叫她果果,她是一个13岁、有梦想的阳光女孩儿。她刚上初中,本来学习压力就很大,却梦想创办一个自己的电子杂志。2016年9月16日,她为自己文学社的第一期电子杂志做了首次人物专访,那天晚上,她召开了第一次文学社社长会议;那天晚上,她还为自己的文学社电台做了第一次播音。

女儿从来不贪恋看电视剧和玩游戏,她喜欢写小说、写人物分析、写诗、画画……因为梦想太多,她好像总觉得自己时间不够用,把一天当成两天用,总是那么积极向上、刻苦努力。至今,我还清晰地记得第一次播音那天晚上,她兴奋地笑着对我说:妈妈,你知道吗,我对自己的工作

(扫描二维码观看果果的故事)

效率非常满意！而就在几天以后，我的宝贝女儿，却永远地离开了我。

9月21日早晨7:30，女儿学校老师打来电话，说孩子半夜起来呕吐，不舒服，让我们家长赶紧带孩子去医院看病。起初孩子只是说没力气，头晕，以为是胃肠道感冒，医生做了常规检查后让回家休息观察。中午从医院回家没多久，孩子倒在床上手不受控制地挥舞。我们全家人都吓坏了，立即打120送到儿童医院。没想到孩子送到医院就已经不行了，呼吸衰竭，女儿就这样被送进了重症监护室。

一切来得太快了，快到我根本没来得及有任何反应，宝贝儿就再也醒不过来了！我再也不能牵着她的手一起行走，再也不能看到她躺在怀里抱着我撒娇的样子，也再不能听到她甜甜地叫我一声妈妈了。

21日晚，经过重庆脑神经领域最权威的专家会诊，确定我的女儿已经没有任何手术机会了。

那一夜，我们只能眼睁睁地看着宝贝女儿就这样从我们的眼前离开；那一夜，孩子的爸爸避开了我，一个人躲在楼下失声痛哭；那一夜，虽然医生已经宣告孩子脑死亡，我们仍彻夜未眠，相拥坚守在ICU的门外；那一夜，我们祈祷奇迹会发生，坚信女儿会醒过来！

22日一早，ICU主任找我和孩子爸爸谈话，他告诉我们，孩子已无生还的可能了，希望我们能够接受这个残酷的现实。他同时还告诉我，如果愿意，还有另外一个选择可以让女儿的生命得到延续。没等主任说出那个字眼，我和孩子的爸爸一下子就明白了主任想要说的意思，我俩心领神会地四目相望，几乎同时脱口而出："器官捐献，我们同意！"

自那一刻，我们的情绪慢慢地平静下来，所有撕裂的苦痛一点点地消解，甚至转化为了内心深处的慰藉。是的，我们的女儿可以以这种方式继续存活在这个世上，她将得到重生！

她的心脏可以在别人的身体里跳动，她的肝脏可以拯救一个在绝望中等待希望的人，她的肾脏可以延续两个人的生命，她的角膜至少可以让两个人重见光明……一想到她的器官将会在好几个人的身体里继续健康地存活，女儿的肝宝宝、肾宝宝会陪伴着她们的新主人一起成长，一起去实现女儿还没有完成的梦想，女儿的角膜也会继续在新的主人眼睛里，替她继续看到全世界最美好的风景，我们就觉得女儿没有离开，她依然跟我们一起呼吸着同样的空气，沐浴着同样的阳光和雨露，生活在同一个星空下，女儿还和我们在一起……

2016年9月23日下午，我们放弃了无效的治疗。捐献手术前，我和她爸爸手牵着手，和女儿做了最后的告别。那个时候，我们没有哭，我们抚摸和亲吻着女儿冰凉的脸颊，心里默默地为女儿祝福，希望女儿的生命得到重生。

2016年9月23日，我永远记得那个日子，我的女儿永远地离开了我和她的爸爸。

2016年9月23日，我的女儿也在这一天得以重生！余奕璇，果果，我的女儿，我的骄傲！你13年的生命是灿烂的，有意义的！你13年后的道别也是深情的。宝贝儿，谢谢你，以这样的形式陪伴我和爸爸13年。我们永远铭记你的笑、你的好。你永远都是我们的心肝宝贝儿！每每回忆起你13年成长的点点滴滴，满满的都是幸福！

感恩红十字会，感恩移植医生，是她们帮助我们完成了女儿生命的延续，让我的女儿以另一种方式继续活在这个世上！她短暂的生命是有意义的，有价值的！

宝贝儿，你就是星空中那颗最亮的星星，划过天际，宁愿坠落，也要留片刻的美好！

宝贝儿，你转瞬即逝，那一瞬的光亮，却照耀了整个世界！

宝贝儿，爸爸妈妈永远爱你！

宝贝儿，感谢有你！

PICC 箴言：

你转瞬即逝，那一瞬的光，惊艳了多少人的心灵。

中国人保寿险广西壮族自治区分公司理赔案例

罗某曾在中国人民人寿保险股份有限公司（以下简称"中国人保寿险"）投保"无忧一生"重大疾病保险。

2017年10月，被保险人罗某因多囊肾并囊内感染、慢性肾功能不全、尿毒症、高血压等疾病住院治疗，后病情加重，并于2018年1月进行肾移植手术。

术后，罗某向中国人保寿险提交索赔，经调查，无异常，获相应赔付。

母亲节前夕，那一声感人的"爸爸妈妈"

每当夜晚，我看着孩子熟睡的面庞，和不断成长的身躯，常常热泪盈眶，不仅是她可以健康地留在我们身边，也因为她小小年纪的坚韧和善解人意。

"亲爱的爸爸妈妈，你们好！我是大眼妹，我长得非常高，我快5周岁了，要吃大蛋糕了。我在幼儿园里交到了很多好朋友，老师教了很多有趣的本领。我和我身体里的小天使一样爱你们！我们会快快乐乐地、开开心心地长大，谢谢爸爸妈妈对我们无私的爱！"

这奶声奶气的声音来自福建一位5岁的小女孩，她的眼睛很大、很漂亮，就像会说话一样，所以大家都叫她大眼妹。这一声"爸爸妈妈"，不是在叫她的亲生父母，而是在叫身体里的"小天使"的父母，因为大眼妹在一岁多的时候，接受了肝脏移植手术……

2013年10月，只有6个月大的瑶瑶遭遇车祸。那时的她还不会走路、不会说话，也来不及叫自己的父母一声"爸爸妈妈"。瑶瑶的父母承受着和女儿分离的巨大悲痛，却还是做出了捐献孩子器官的伟大决定。瑶瑶的妈妈也在车祸中受伤，病床上的她，含泪签下了名字。

瑶瑶家人的大爱之举，让大眼妹有机会健康快乐地成长。

孩子就是家庭的一片天，只有同为父母，才能体会面临失去孩子的痛苦。母亲节前夕，大眼妹的父母录制了一段孩子说的话，连同孩子母亲的一段音频、感谢信一起，通过红十字会，转交到了瑶瑶的父母手中。

录音中，大眼妹的母亲讲出了她的心声：

"尊敬的捐献者家属，你们好！我是一名因胆道闭锁而肝脏移植的小患者的母亲。四年前的今天，我和我的家庭还生活在水深火热之中。我每天睁开眼睛、闭上眼睛，想的唯一的一件事情就是我还可以让我的孩子停留在我身边多久……她因为凝血功能不好，每天鼻血没有办法止住的时候，那种内心的恐惧，现在回想起来都觉得太可怕了！

"直到有一天，护士告诉我们做好术前准备，孩子有匹配的肝源可以做移植手术的时候，我内心的那块大石头才放下来。但当我得知，孩子得到的是一个完整的肝脏，我的心情非常复杂。因为我知道，完整的肝脏意味着有一个和我的孩子同样可爱的小天使离开了她的爸爸妈妈……

"今天，在这里请允许我们的孩子替你们可爱的小天使，再喊一声'爸爸妈妈'。因为你们的大爱，成全了我的孩子，也成全了我的家庭。你们的善举，不仅给了我孩子生命的长度，也给了她生命的宽度。让她从小就懂得感恩，懂得慈悲，懂得坚强。每当夜晚，我看着孩子熟睡的面庞，和不断成长的身躯，我常常热泪盈眶，不仅是她可以健康地留在我们身边，也因为她小小年纪的坚韧和善解人意。在她的眼神里，我看不到悲伤和绝望，永远是那么热爱生活、积极向上！我想这就是承载着两条生命的身躯所存在的意义吧！

"请你们放心，孩子我们带得非常好，非常健康，非常活泼开朗，也祝你们全家健康快乐！"

听到大眼妹和她母亲的声音，瑶瑶的妈妈眼泪忍不住地往下掉，因为欣慰，欣慰于生命的顽强。

PICC 箴言：

生命的顽强，因为爱和奉献才得以存在。

中国人保健康青岛分公司保险理赔器官移植相关案例

上有老下有小 幸有保险保障家庭生活

张先生的工作单位于 2016 年 5 月为其投保了《守护专家社保补充团体医疗保险》及《关爱专家短期重疾（推荐版）团体疾病保险》，后续加保了《守护专家住院定额团体医疗保险》。

张先生有高血压史，吃药控制血压尚可。2016 年查体发现肌酐高，肾功能异常，药物治疗效果一般，后续肌酐逐渐上升，为进一步治疗于 2018 年 12 月以尿毒症收入院，入院一周后进行肾移植。术后恢复较好，肾功能良好，一个月后出院。

张先生一家生活和谐美满，夫妻二人勤劳能干，上有双方父母，下有两个孩子，平时省吃俭用稍有积蓄。肾移植对于上有老、下有小的家庭而言，无疑影响着一家的生活水平。

重疾之下，社会医疗保险不能全额给付报销。后来想起单位有给员工投保中国人民健康保险股份有限公司（以下简称"中国人保健康"）的保险，致电咨询后，携带齐全材料到中国人保健康办理了理赔。根据张先生提供的材料，中国人保健康进行了相关调查后，即时处理。不久，张先生便收到了中国人保健康支付的理赔款。张先生后续身体状态良好，又回到了热爱的工作岗位上。

落叶归根，行人间善事
——国内首例医疗包机转运回国实现器官捐献

这是我国第一例器官捐献病人通过国际医疗包机转运回国，实现病人家属落叶归根、完成器官捐献心愿的案例。

2018年12月25日下午，广东省中医院OPO（器官获取组织）马麟接到一个需要共同协作的潜在器官捐献案例消息，该病人在东南亚J国（应病人家属要求，隐去部分信息）一医院病危，家属最大的愿望是回国落叶归根和行人间善事，但当时除了有病人姐姐的微信，其他信息欠缺。

本着不错失任何信息、尽一切努力做好每个案例的原则，马麟立即咨询了曾服务于民航医院医疗快线的广州白云国际机场急救中心主管护师王倩，并邀请王倩作为两家医院的代表，立即前往J国评估病人病情以及是否适合转运，并联系医疗转运。

王倩到J国医院时已经是26日凌晨1:30。王倩和医生简要沟通病情并了解家属意愿后，立即启动协商联系医疗转运事宜。多方对比了国内大飞机转运、飞香港大飞机转运+救护车转运回广州、商务医疗包机转运等三

种模式后,结合飞机大小、担架是否可进机舱、氧气瓶可携带多少、转运设备是否齐全、医护人员是否经验丰富后,再各自联系商务包机信息,如最近的商务医疗包机是否有空档期、飞机在哪里等,最后选择了马来西亚韵持医疗包机。

接到这个感人的医疗包机任务后,韵持医疗转运团队取消了圣诞假期,机组人员、医护人员立即从马来西亚飞到J国,并到医院完善相关评估。

27日下午,韵持的医疗包机经三小时飞行,于16:30降落。为了让病人家属第一时间见到国内医院联系人,马麟到机场公安局申请了商务机停机坪通行证,并安排了ICU副主任医师杨广第一时间到救护车现场,陪同民航医疗快线的转运。

入院后,ICU医护人员立即开展相关CT、脑电图、体感诱发电位、血气、生化、肝肾功能、凝血等检查和会诊,并将检查结果第一时间如实告知病人家属。病人家属待悲伤情绪平稳后讨论决定,落叶归根回到了中国,继续按照之前商议的实施器官捐献这件善举。最后,病人的肝脏、肾脏经器官捐献后,使肝脏、肾脏衰竭的三位病人生命得到了延续,角膜也让两位失明的病人重见了光明。

PICC箴言:

落叶归根的同时,也是把生的希望一起带回来。

中国人保寿险浙江分公司理赔案例

投保寿险配重疾险 为晚年添一份保障

2009年6月29日,浙江湖州朱先生在中国人民人寿保险股份有限公司(以下简称"中国人保寿险")为自己投保了康宁人生终身寿险A款,附加康宁人生重大疾病保险(A款),保额4万元。

朱先生退休后前往山东帮女儿打理商铺。在2017年6月份发现慢性肾衰竭,后经过杭州、北京多家医院治疗,均未寻到肾源。2018年4月份,终于在山东临沂人民医院匹配到肾源,并于2018年5月22日在临沂市人民医院行肾脏移植手术。

中国人保寿险在2019年接到理赔申请后即采取调查,调查员陪同客户前往医院检查证实了事实,中国人保寿险随后将理赔款8万元给付给了客户,为客户"雪中送炭"。

大爱父亲捐献儿子器官：
想起儿子救的人，就觉得他还活着

"不管怎么样，孩子都没救了，我就是想换种方式，让他继续活下去，同时也能多让几个家庭，免受失去亲人的痛苦。"

2016年6月4日，昆明晋宁区金砂村村民马国柱15岁的儿子马恒，因车祸导致重型颅脑损伤，虽经全力抢救，仍然脑死亡。马恒过世后，马国柱不顾他人劝阻反对，毅然决然地将儿子的心脏、肝脏、肾、眼角膜等7个器官捐献出来，帮助4名重症患者重获新生，两名眼疾患者重见光明。

"孩子的母亲在他三岁的时候，因为尿毒症，没有钱换肾也没有肾源，早早就过世了。"自那时起，马国柱一个人拉扯孩子长大，父子相依为命。听到医生宣布孩子脑死亡后，马国柱瘫坐在椅子上。孩子本该是父母生命的延续，然而白发人送黑发人的意外，却中断了

（扫描二维码观看马国柱父子的故事）

一个父亲乃至整个家庭的幸福。

"不管怎么样，孩子都没救了，我就是想换种方式，让他继续活下去，同时也能多让几个家庭，免受失去亲人的痛苦。"48岁的马国柱一脸悲怆，丧子之痛让这个中年男人脸色灰暗，言语喑哑。他向医生提出了把儿子器官捐献出来的要求，医生同意了。

6月4日上午8点10分，马恒被推进医院手术室，默哀仪式后，在红十字会四名工作者的见证下，他的心脏、胰腺、肝脏、双肾和两个眼角膜被顺利获取，经过"中国人体器官分配与共享计算机系统"的自动分配，马恒所捐献的7个器官被分配给6名患者，移植手术也随即在昆明市第一人民医院甘美国际医院展开。

手术后次日，接受器官移植手术的患者病情平稳，顺利脱离呼吸机，拔出气管插管后改为面罩吸氧，所有器官功能恢复良好，各项生化指标逐步恢复正常。

捐赠手术后第五天，马国柱独自一人待在院子里，儿子离开后，他经常这样，一坐就是一下午。在这个小村庄里，"身体发肤，受之父母"的传统观念根深蒂固。很多村民不理解他的做法，但马国柱没有为自己的决定做任何争辩，这个表面看上去有些木讷的中年男人，有谁能感受得到他青年丧妻、中年丧子的痛苦？

2017年5月4日，中央文明办发布4月"中国好人榜"。95位助人为乐、见义勇为、诚实守信、敬业奉献、孝老爱亲的身边好人光荣上榜。其中，马国柱、马恒获评助人为乐类"中国好人"。

马国柱给儿子取名"恒"，但他不会想到，儿子会以这样的方式永恒。那每一个接受了儿子器官捐赠而得以延续的生命，那每一个生命背后或大或小的家庭，以及那些在未来会像马恒一样，用自己憾然终止的人生延续他人人生的人，让我们知道，生命正是在无私中生生不息。

PICC 箴言：

坚守生命的初心，坚持爱的信念，把生命像火炬般传递，永不熄灭。

中国人保健康山西分公司保险理赔器官移植相关案例

公司投保 员工意外重疾获赔 32 万救命钱

2018 年 1 月 10 日，某银行太原分行在中国人民健康保险股份有限公司（以下简称"中国人保健康"）投保关爱专家短期重疾（推荐版）团体疾病保险、守护专家社保补充团体医疗保险，保额分别为 30 万元和两万元。

2018 年 3 月 21 日，该银行员工李某因乙肝肝硬化伴食管静脉曲张破裂出血住院治疗。后因病情继续恶化，同年 8 月 21 日再次入院，并确诊肝癌。因李某肝功能失代偿，保守治疗效果欠佳，于 9 月 13 日在天津市第一中心医院行肝移植手术治疗。

虽庆幸于移植手术的成功，但巨额的手术治疗费用以及移植术后续所需的精心护理以及抗排异药物等的消耗，让李某的家庭背上了沉重的负担。尤其是考虑到李某时年 50 岁，正值壮年，是一家人的支柱，这一天降横祸更使其家庭难以接受。

此后，李某的家人在咨询工作单位后，得知单位正好在年初为所有员工投保了重疾和医疗保险，于 2019 年 3 月向中国人保健康递交了资料申请理赔。中国人保健康经调查核实情况属实后，向李某支付了重疾险及医疗险赔偿金共计 32 万元，极大地缓解了被保险人家庭的经济压力，成为被保险人生活重回正轨的一大助推剂。

捐献六个器官的英雄,今天我们为你送行

决定捐献器官,是想让孩子们知道,即使爸爸已经去世,但他仍然帮助了很多人。爸爸做的事,非常重要,非常伟大。

姚先生是一名从贵州到浙江务工的普通工人,生活虽不富裕,但父母康健、家庭美满,有一双可爱的儿女。

每天清早,他出门上班,妻子领着一双儿女去上学,晚上做上一桌老公孩子爱吃的饭菜,一家人围坐在一起,欢声笑语、其乐融融。然而美好的生活在2019年9月7日晚上戛然而止。

当晚妻子做了老公最爱吃的家乡菜,却迟迟未见爱人回来,等来的是一通来自医院的电话。

下班路上,姚先生遭遇了车祸,虽然医生全力抢救,但由于伤情过重,年轻的生命最终不幸陨落,医生宣布姚先生脑死亡。

妻子不愿相信,早上出门还说着明天休息带孩子去公园的爸爸,就这样永远离开了。

一家四口再难团圆,两个孩子年龄都不大,成长路上将永远缺失父亲的陪伴。尤其是4岁的小儿子，会不会慢慢忘记爸爸的样子？会不会忘记爸爸是多么爱他？

悲痛之中，家属决定捐献器官——让孩子们知道，即使爸爸已经去世，但他仍然帮助了很多人。爸爸做的事，非常重要，非常伟大，爸爸帮助了那些等待器官移植的病人。

捐赠手术当天，姚先生的父母到重症监护室与他道别，泪流满面。两位老人强忍悲痛，最后一次给儿子擦了脸，洗了手。一切准备妥当后，家人一起把他推出重症监护室，送他最后一程。

重症监护室的门被推开的那一刻，姚先生的父母和妻子被眼前的景象深深地震撼了。

重症监护室门口站满了人，手拿鲜花，他们目送着姚先生的病床被慢慢推过。

这些人中，有姚先生的亲人、朋友，但更多的是医护人员、其他病人和家属。尽管素不相识，但他们都自发前来送姚先生最后一程，给他的病床上送上鲜花。许多病人和家属在旁默默地流下了眼泪。

从重症监护室到器官捐献手术室，这段路是亲人们陪姚先生走的最后一段路。病人家属因为亲人的离开备感孤独，没人知道他们正在经历什么，也没人知道他们曾做出过什么，所以这段路被称为"最孤独的一段路"。

手术当天，树兰（杭州）医院的医护人员举行了这样一场特殊的送行仪式，以此表达对姚先生的敬意，这个仪式被称为"荣耀之路"。尽己所能，让家属感受到人们的支持，感受到家人捐献器官的贡献是值得所有人尊敬的。

树兰（杭州）医院副院长寿张飞介绍，姚先生捐献的6个器官，包括两个角膜、一个肝脏、两个肾脏、一个心脏，将给6人带去生的希望。多器官捐献是医生们在器官捐献领域努力的方向，医护人员举行这场特殊的仪式是深深地向这种伟大的举动表示崇敬和感谢，感谢他能够用自己的生命作为最后的礼物为人类做出这样的贡献。

手术进行前，手术主刀医生张武与全体医护人员站在手术台前，面对捐献者默哀，致敬姚先生及家人做出的伟大决定。

手术开始后，姚先生的哥哥站在手术室门口久久不愿离去，他想多陪弟弟一会儿，他想跟弟弟说，器官捐献会让孩子为他自豪："毕竟孩子还小，现在还没有思考能力，但是孩子们长大以后会知道他们的爸爸在生命的最后关头救了其他人，是一个英雄的爸爸。我弟弟这些器官能帮助到别人的话，也是一个更好的结果。"

（记者 张苗）

PICC箴言：

把生命作为最后的礼物，孩子会为你自豪。

中国人保寿险青岛分公司理赔案例

为全家投保团体重疾险 家人肾衰获赔

2016年9月24日，客户张某，为自己与家人投保中国人民人寿保险股份有限公司（以下简称"中国人保寿险"）的团体重疾保险B款保险，保额均为20万元。

2018年8月21日，该保单下被保人张某的女儿曹某因肾衰竭在青岛市进行治疗，在2019年1月22日在全麻下行肾同种异体移植术。

术后，曹某家属将理赔资料提交到中国人保寿险。经理赔人员受理审核，调查人员走访核实，中国人保寿险赔付20万元整。

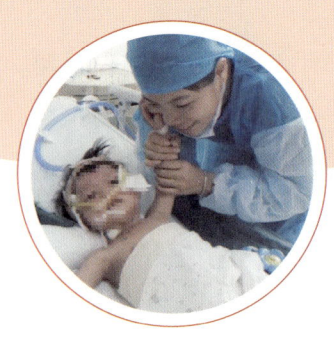

3000 公里生死营救

以生命的名义,跨越三省多地 3000 多公里,15 个科室近百位医护人员奋战在肝移植第一线,历时 10 小时成功完成东北首例劈离式肝移植手术。

2017 年 7 月 23 日,吉林大学白求恩第一医院肝胆胰外一科吕国悦副院长带领肝移植团队,在麻醉科、手术室、放射科、小儿 ICU 科、小儿外科、小儿超声科、整形美容外科、输血科、心内科等 15 个科室的积极配合下,近百位医护人员昼夜拼搏、全力以赴,历时 10 小时圆满完成了东北地区首例劈离式肝移植手术,成功挽救了一名两岁广西儿童及一名 61 岁延边老人这一老一少的宝贵生命。

两岁的熙熙来自广西,是一名先天性胆道闭锁患儿,由于病情严重,已发展为肝硬化、门静脉高压症,并且多次出现上消化道出血危及生命的情况,患儿家庭想通过活体肝移植挽救孩子的生命,但经过医院严格评估,患儿父母及亲属的肝脏均不符合活体肝移植的标准,器官捐献供肝肝

(扫描二维码观看视频)

脏移植手术成为拯救孩子的唯一希望。

61岁的郑女士来自延边，常年在俄罗斯生活工作，她是一名肝炎后肝硬化患者，曾在俄罗斯医院进行过多次治疗，但仍未控制住病情进展，她的病情同样十分危急，也在等待可以移植的肝脏。

寻找合适的肝源犹如大海捞针，就在两家人陷入绝望时，合适的肝源出现了！7月21日，吉林大学白求恩第一医院DCD办公室及神经创伤外科接收到一位肝脏捐献者。这是一名成年男性捐献者，在他脑死亡后，其家属决定捐出他的肝脏。为了充分利用宝贵的肝源，吕国悦决定用一个肝脏分救两人，实施在体原位劈离式肝移植手术。由于这名捐献者供肝体积较大，而郑女士的体重仅有45kg，吉林大学肝移植中心经过精确研究评估，器官捐献者的肝脏正好与熙熙和郑女士匹配，可以同时满足这两名患者的移植需求。

7月22日，一场生命的接力，一次与生命赛跑的救援在中国大地展开。时间就是生命，救人刻不容缓。以生命的名义，跨越三省多地3000多公里，只为重生的希望！

患儿连同父母乘坐CZ6380航班从南宁中转杭州飞往长春，前往吉林大学白求恩第一医院进行肝脏移植手术，分秒必争！这期间，吉林旅游广播主持人全体上阵，全程直播肝移植救援行动，并多方协调打开一切便利条件帮助患儿从广西平安抵达长春。吕国悦紧急调度，安排医院相关科室开启绿色通道确保患儿在最短时间内完成所有术前检查准备，并派出医院急救中心救护车前往机场护送患儿。吉林机场集团副总经理孙军接到消息后立即部署工作任务，长春机场运行指挥中心、应急救援中心等部门迅速响应、紧急联动。22日23时30分，应急救援中心出动救护车和医护人员到达现场并做好转运准备工作；23日0时15分，飞机到达；接到患儿及家属后，救护车辆迅速赶往场外，以最快速度与场外等候的医院车辆进行交接；

吉林省高速公路公安局长春分局派一辆警车为急救车的先导,确保高速公路段的安全;23日0时51分,患儿及家属抵达医院;23日2时15分,患儿火速完成术前检查进入手术室。

7月23日凌晨3时30分,劈离式肝移植手术正式开始,历经10个小时,当天下午1时30分,被分离的两部分肝脏成功移植到两名患者体内。15个科室近百位医护人员奋战在肝移植第一线,成功完成东北首例劈离式肝移植手术,具有里程碑意义!

手术后,吕国悦介绍说:"此次手术需要在维持供体血液循环的前提下进行,要修整分离出两套包括肝动脉、门静脉、肝静脉、胆道等在内的肝脏管道,分别提供给两个受体完成移植。跟传统的全肝移植比起来,劈离式肝移植术中的管道重建难度明显增加。虽然今天是周日,但是所有参加手术的医护工作人员都是很兴奋的,因为这是东北地区首例劈离式肝移植手术。手术成功,对孩子、对老人、对他们家人、对我们医护人员来讲,都很有意义!"

术后,接受劈离式肝移植手术的熙熙和郑女士成功脱离呼吸机,脱机后生命体征平稳,新肝功能和各项化验指标良好,术后恢复顺利。至此,这场从南宁到长春,跨越3000多公里的生死营救以宣告成功告终。

PICC箴言:

生命接力,与时间赛跑。为了重生的希望,一切都值得!

中国人保健康天津分公司保险理赔器官移植相关案例

医保不够用　重疾险来帮忙

被保险人李某，男，58岁，2009年其单位为其投保中国人民健康保险股份有限公司（以下简称"中国人保健康"）关爱专家短期重疾（推广版）团体疾病保险，并连续投保至今。

被保险人体检的时候发现患有乙肝，2017年11月份，体检各项指标都不合格，在天津市静海区医院和天津市第二人民医院治疗。2018年4月份，发现脚部有些水肿，前往天津市第二人民医院住院治疗，发现血小板指标较低，确诊为活动性肝硬化、肝囊肿、肝血管瘤、肝脏结节。给予对症药物后未见明显好转，便出院前往天津市第一中心医院咨询肝移植事宜。

2018年8月份，进行了肝移植术前检查。2018年10月16日，医生告知有了肝源，于当天在天津市第一中心医院进行了肝移植手术。

2019年初，被保险人向中国人保健康申请重大疾病保险金的理赔。经中国人保健康走访核实，被保险人此次肝移植术符合条款约定的重大疾病保险金理赔范围，予以正常给付。

随着社会与时俱进的发展，社会保险体系日益完善，商业保险也逐渐走进千家万户，人民保险意识逐渐加深。当重病来袭，社保不足以支付治疗费用的时候，商业保险的理赔将变得弥足珍贵。

* 书中部分人名为化名
* 书中部分文章和图片来自中国红十字会

后　记

致敬每一位"生命接力"之人

2020年12月,在中国广州召开第五届"中国-国际器官捐献大会"期间,由新华社《经济参考报》联合国家卫健委和中国红十字会特邀张艺谋导演执导的公益微纪录片及融媒体报道《生命接力 "移"路同行——中国器官捐献移植五年间》经各渠道发布后,引发强烈反响,产生刷屏之效。中宣部刊发题为"生命接力 '移'路同行融媒报道弘扬社会责任"的新闻阅评,对这组报道给予充分肯定,认为这组报道"视文图,相互协调,相得益彰;情理知,交汇融合,作用人心",为弘扬大爱精神、鼓励更多人参与器官捐献移植事业,起到了十分理想的作用。

将这组报道采访过程中的更多感人细节及瞬间,以融媒图书的方式展示给大家,也是受报道刊发后很多读者和观众留言鼓励的启发。在数万条留言中,很多网友感慨道:"决定不了自己的生,就决定自己离开的方式""看了这个片,非常感动,我决定捐出器官"……这些留言汇集成编辑这本书的初衷。

作为20世纪生命科学的重大进展,器官移植成为治疗终末期器官功能衰竭患者的有效医疗手段。由于器官捐献事关生命价值和尊严、器官移植事关患者健康和生命挽救、器官分配事关社会公平正义,器官捐

后 记

献与移植话题向来比较复杂、敏感。稳妥有序开展器官捐献与移植,是一个国家医学发展和社会文明进步的重要标志,是保障人民根本利益、惠及民生的大事。

遗憾的是,据权威部门统计,中国公民器官捐献率仅0.03/100万,而全球器官捐献率最高的国家西班牙为35/100万,二者相差1000余倍。这个被公共舆论所忽视的问题涉及千家万户,作为一名新闻工作者,我认为有责任发挥媒体作用,真实记录凡人英雄的温情大义,在展现"生命在阳光下延续"的华彩瞬间、致敬每一位"生命接力"者的过程中,向社会发出"自愿捐献器官"的呼吁,引导受众转变观念、弘扬大爱精神,用"生命接力"打破"谈'移'色变"。

作为主创人员,两年间,我带领团队辗转北京、广东、湖北、江苏、云南、浙江等多地,先后走访40多家医院,采访器官捐献者、受捐者、医者、器官捐献协调员、志愿者等共计100多人次,身着负压服进入移植手术区采访,采访笔记近30万字,累计音视频物料近2000G。

其间,主创团队亲历与器官捐献者的生离死别,感受患者等待移植时的痛苦和煎熬,见证开通绿色通道转运器官的争分夺秒,分享中国成功开展全球首例新冠肺炎康复者肾移植手术的喜悦……

在北京,中国人体器官捐献与移植委员会主任委员黄洁夫谈到"壮士断腕"的改革时掩面落泪,清华长庚医院院长董家鸿院士面对器官供体短缺发出"巧妇难为无米之炊"的无奈感慨;在云南,器官捐献者马恒的父亲说:"很多人说我是'杂种',把儿子的器官都'卖'了,但捐献器官我不后悔,儿子的器官还活着,我就觉得他还活着";在南京,受捐者吴玥永远记得她肺移植手术后重新喊出"爸爸妈妈",父亲激动得把她抱起来转圈的情景;在武汉,受捐者秦杰聊起他肾移植手术后"一口气连喝三杯水,高兴得哈哈大笑"的兴奋……

在对器官捐献移植领域长达两年的深扎调研中，我多次亲历"生命接力"的现场，被那种带着希望走过决绝的力量所震撼：有人在茫茫生死间，痛苦挣扎，等待一个活下去的机会；有人在丧亲剧痛下，悲恸欲绝，依然攥紧生命的善念；有人承受误解，摆渡于生死间，搭建生命之桥；有人不知疲倦，与死神争分夺秒，化腐朽为神奇……

我想，这本书是对这些采访经历更详尽的记录，更是对所有"生命接力"之人的致敬：

——向中国人体器官捐献与移植委员会主任委员黄洁夫致敬。调研采访中，我深深感受到他不唯上、不唯书、只唯实的责任与担当，也感受到他坚定推动中国器官捐献移植改革发展的信心与决心，即使苦难重重，他依然毅然前行，一往无前。

——向国家卫健委和中国红十字会致敬。中国器官捐献移植改革不会一蹴而就，进程中也会不可避免地出现各种问题，作为监管单位，国家卫健委和中国红十字会为推动器官捐献和移植事业做了大量工作，也承受了很多的委屈。是他们的负重前行，让中国器官捐献移植事业取得了非凡的成绩。

——向24小时待命的移植科专家、教授、医生们致敬。他们用高超精湛的技艺，用他们的医者仁心奉献了大爱。没有器官供体，"巧妇难为无米之炊"。在器官移植和捐献的成本核算机制正在逐步完善的过程中，他们承受了很多，有时候甚至是"戴着镣铐"做手术，艰难开展着这项为人民群众带来福音的伟大事业。

——向在生与死之间担当摆渡者的器官捐献协调员们致敬，我跟着他们一起去基层的ICU暗访、直面生死，看到了世间百态。有些协调员的内心非常痛苦、非常无奈，有的甚至患上了抑郁等精神疾病。

——向器官捐献者及其家属致敬，是他们在绝望的土壤中为他人孕

后 记

育出希望的花蕾。

中国器官捐献移植五年间,在"生命接力"的链条上,捐献者、受捐者、医者、协调者、志愿者……每个人都用各自的方式表达他们对生命的无上尊重,共同谱写一曲"'移'路同行"的大爱乐章。

最后,我想感谢我的同事和朋友。感谢张超文总编辑和梁相斌社长的悉心指导,没有你们的支持,这本书无法出版。感谢张艺谋导演、庞丽薇女士、张会军教授的义务执导以及音乐人小柯,演员张译、周冬雨、刘浩存、王千源、颜丹晨等对这组融合报道和公益事业的出镜支持。感谢侯峰忠、赵洪涛、苗圃、刘璐,是你们的支持让这本书有了更丰富、更感人的案例。感谢朱国圣、宋振远、王恒涛、李佳鹏为这组融合报道倾情奉献。感谢祁蓉、毛伟豪、黄可欣、王毅卉、王奇、李会平、潘悦、侠克、李志伟、刘儵然、杨烨、赵傲马不停蹄的采写和制片。感谢陈东、王皓然、李安然、于江、李保金、魏薇、申楠、邓婕在本职工作之余,承担了海量编辑工作。感谢吴雪梅、李骁姗高超的美术设计。感谢邵汝、陈慧勤、孙艳的高效协调。感谢出版社杨静等各位老师为本书耗费的心血。

我希望,看到这本书的人,会被"传递爱与希望"的故事所感动,像我一样成为一名器官捐献志愿者,加入器官捐献的伟大事业中来。

周 宁

2021 年 4 月

特别鸣谢

中国人民保险